Defne Örnek

Siyah Beyaz / Defne Örnek

ISBN 978-605-4959-92-1
Admeta Kitap © 2018 / Defne Örnek © 2018

Baskı/Tarih: Birinci Basım 2018

Dizi Editörü: Elif Özdere
Kapak ve İç Düzenleme: Serra Sönmez
Baskı: Ertem Basım Ltd. Şti. / Ankara

Admeta Kitap
Bahariye Cad. No: 69 Kat: 3 Daire: 9
Kadıköy - İstanbul Faks: 0216 330 86 54
Sertifika No 13085

 Kitap Binikiyüzonbeş Yayıncılık Eğitim ve Kültür Hizm. Tic. A.Ş.'nin tescilli markasıdır.

Defne Örnek

Siyah Beyaz

Siyah Beyaz romanını Defne 2006 yılında, on iki yaşındayken yazdı... Defne'nin resim, müzik, bale ve edebiyata ilköğretim yıllarından beri ilgisi oldu ve onun yazma yeteneğini farketmiştik.

Öğretmenlerinin teşvikiyle, o zamanlar katıldığı 5. "Günaydın Edebiyat" şiir, öykü, masal yarışmasında, masal dalında birincilik ödülünü aldığında; yarışma seçici kurul üyesi yazar Yunus Bekir Yurdakul: "Yazmaya devam etmezsen iki elim yakanda..." demişti.

Bu söz Defne'ye daha fazla yazma coşkusu verdi ve 2006 yaz aylarında bu roman ortaya çıktı. O günlerden bugüne geldik. Şimdi kitap elimizde...

İyi okumalar.
Ayçın Örnek

Bir gündelik hayat eleştirisi; içten, naif, soluk soluğa, sarsıcı...

Biz oyalanırken ufak tefek yorgunluklarla hayat kendi
yolunda yürür ve tortular kalır avuçlarımızda; okunası,
bize dair, anımsayınca güzel -yer yer keder, hüzün barındırsa da-...
Ve anlatılır, yazılırsa sağalır insan, paylaşınca çoğalır...

Defne Örnek çoğalmaya çağırıyor, sorular çoğaltmaya,
yanıtlara doğru yelken açmaya... Ve anlatmaya...
Belki de yüzleşmeye!

Y. Bekir Yurdakul

Elinizdeki bu kitap, bu uzun soluklu yazı, belkide hepimizi dehşete düşürecek türden bir eser, sadece on iki yaşında bir kız çocuğunun dilinden dökülen bir yakarış...

Biz bu durum karşısında sadece bakıp şaşkınlıkla kitabı yayıma hazırladık. Bu kitapta ne bir editör katkısı ne de imla hataları dışında bir düzeltme yapıldı. İsteğimiz şu: İlk günkü şekliyle, ilk günün heyecanıyla size ulaştırmak...

Ufak bir ayrıntı ama çok önemli bir durum. Yazarı olan sevgili Defne Örnek'in de tıpkı sizin gibi kitabı eline aldığında haberi olacak. Belki de ilk kez yazarından önce okuyucunun haberi olacağı bir kitaba dokunuyorsunuz...

Keyifli okumalar...

Evet, neden ben bütün insanlara, bütün dünyaya küsmüştüm... Neden? Neden kalın, tırtıklı bir kabuğun içinde kıvrılmış saklanıyordum. Neden mürekkepten yapılmış gözleri, ağzı ve burnu olan bir şeye sığınıyordum... Bana neler olmuştu...

Neden sadece bir kere var olabildiğimi bilmeme rağmen bu dünyayı kendime çekilmez yapmıştım... Peki ya neden şimdi bu sorularıma yanıt bulamıyordum... Beni çıldırtan, beni rahatsız eden, sinirlendiren, bu duruma getiren neydi? Beni bu kadar kötü yapan neydi...

Bugün kendimi çok daha iyi hissediyorum... Sabah kalktığımda Varf'ı çoraplarımı kemirirken buldum. Soğuk salyası bulaşmış çoraplarımı ağzından çekip aldım ama bir tanesini çekiştirirken yırtıldı. Lastiğin kopma sesini duydu, korktu ama bırakmaya da niyeti yoktu. Korkusunu yeniyordu, çorabı bırakmıyordu, ben çektikçe o da çekiyordu.

Kareli, her karenin arası oyuk, mermerdendi yerler. Ben çorabı Varf'tan almak için çekiştirdikçe, Varf'ın minik patileri yerde kayıyor, siyah sert tırnakları mermerin oyukları arasına giriyordu. Bir ara bırakacak gibi oluyor sonra bunun sadece beni kandırmak için yaptığı bir numara olduğunu, o kazanana kadar pes etmeyeceğini anlıyordum.

Onun bu direnişi ve korkusunu yenişi bana küçükken yaşadığım bir anımı hatırlattı... Hani camdan içeriye sıcak, güneş ışığı girer ve havadaki tozlar belirginleşir ya (onlar benim hayal dünyamda mikropların atlarıydı) ben onları hayal gücümle kişileştirmiştim. İnsanlara saldıran, ellerinde gümüş mızrak taşıyan, kara maskeli siluetlerdi. Ne zaman panjurlar açılsa saldırıya geçiyorlardı. Ben tüm hızımla elime bir sopa alıp onlara meydan okuyordum. Elimdeki sopayı salladıkça onlar hareketlenmeye başlıyordu. Onlar hareketlendikçe ben sopamı daha da hızla sallıyordum, -sopayı çok hızlı sallayınca bir ses çıkar ya ben onu da kara maskeli mikropların saldırıdan kaçarken attıkları korku çığlığı sanırdım ve savaşmaya tüm gücümle devam ederdim. Bu durum birinin gelip benim bir şeyle uğraştığımı fark edip, bir de o şeyin ne olduğunu anlayana kadar devam ederdi. Bazen bu durumun akşam oluncaya kadar sürdüğü bile oluyordu. Ben de hiç yorulmadan akşama kadar evimi savunuyordum. Akşam olup da mikroplar kaçınca yüzümde bir zafer gülümsemesiyle yemeğe iniyordum. İşte böyle küçükken kolay vazgeçmezdim, inatçıydım güçlüydüm. Peki ya şimdi beni değiştiren neydi?

Varf dişlerini çoraba geçirmiş, kafasını sağa sola sallıyor, çorabı benden almak istiyordu. Çorabımı her çekişimde de gözleri patlayacak gibi şişiyor, kaskatı duruyor sonra yine çekmeye devam ediyordu. Ne kadar bu olay tekrarlandı bilmiyorum, bıraktım çoraplarımı... Bu düelloyu kazanan Varf olmuştu. Çorabı alıp evde yok oldu. Zaten hep ortalıktan kayboluyordu. O da benden sıkılıyordu galiba benim gibi...

Kahvaltıya ayıracak kadar zaman bulamıyordum. Gerçi tüm gün benim sayılabilir ama işin gerçeği; evde kalmayı sevmiyorum. Bir an önce evden çıkmak istiyorum. Tek başıma korkuyorum bu evde ve galiba Lil'in, Baba'nın ve Kötü Yeni'nin de dediği gibi yalnız kalmak için küçüğüm. Hem bu ev çok boş. Yalnızım, her taraf tozlu ve evin ölen sahibinin çocukları eve kiracı almadan önceki gibi ev, eşyalar hiç değişmemiş. Ev çok büyük, geniş de bir bahçesi ve yedi odası var ki en az yedi kiracı olması demektir. Ancak neden evde sadece ben yaşıyorum.

Evdeki tek ses benim hıçkırıklarım, çığlıklarım ve bir de Varf'ın mermer üzerinde yürürken patilerinden çıkan sesleri saymazsak. Aslında Varf benim köpeğim değildi. Yan evde oturan küçük kızın köpeğiydi- küçük kızın şaşılacak şekilde Kötü Yeni'ye benzeyen bir yüzü özellikle gözlerinin biçimi, bakışları ona çok benziyor, sanki onun kızı. Varf hiç onların evinde durmuyor, hep benim bahçeme kaçıp ve kapı açıldığında içeri dalıp da bir daha onu bulamadığımızdan ve onun da benimle kalmak istediğini anladığımızdan, küçük kızın köpeği; benim oldu. Bu durum ikimize de köpeğin benimle kalmak istediğini göstermişti. Varf işte böyle benim köpeğim olmuştu. O da köpeğinden ayrılışının ikinci günü annesiyle köpek çiftliğine gidip yavru, bembeyaz, zarif, cins bir köpek aldı. Küçük kızın Varf'tan bu kadar kolay vazgeçmesi beni çok şaşırtmıştı. Ben hiçbir şeyimden kolay kolay vazgeçemezdim.

Geldiğim ilk gece rüyamda gördüklerimden -rüya olduğunu bilmeme rağmen korkmuştum, uyuyamıyordum. Sabaha kadar yorganı yüzüme kapatıp beklemiştim. Rüyamda bir tapınak vardı. Gri büyük kayalardan yapılmış ince işçilikle oyulmuştu... Çok güzeldi... İnsanları kendine çekiyordu. Kimse o tapınağın çekimine karşı koyamıyordu. Herkes bu güzelliğin aldatmacasına kanmış, güzelliğine aldanmış gidiyordu. Ben onları durdurmaya çabalıyordum. Bağırıyordum onlara;

"Durun, lütfen gitmeyin..."

Neden gitmemeleri gerektiğini bilmiyordum. Sadece, sanki bu benim görevimmiş gibi onlara engel oluyordum. İnsanlar çok güzel giyinmişti. Makyajları, saçları her şeyi. Bazılarının boynunda güzel inciler, bazılarının zümrüt kolyeler takılıydı. Tapınağa giden herkes çok güzel giyinmiş, süslenmişti; ama yüzleri, elleri çok çirkindi, insanın midesini bulandırıyordu. Yüz ifadeleri donuk, mutsuz, rahatsızdı...

Sonunda bütün çabalarıma rağmen onlara engel olamadığımı fark ettim. Büyük, kalın tabanlı çizmelerimi nemli toprak üzerinde sürüyerek tapınak merdivenlerine çöktüm. Elimi taşlarda gezdirdim. Tırtıklı, nemli, soğuk...

Birden etraf hareketlendi, insanlar birbirlerini itmeye başladı. Hepsi maske giymeye başlamıştı. Mutlu ve güzel insan maskelerini... Artık etraftaki her insan mükemmeldi, melekleri andırıyorlardı.

O kadar güzellerdi ki... Onlara bakarken, içimden bu saf güzelliğe ağlamak geldi. Kendimi bu insanların arasında, kusurluymuş gibi hissettim. Sessizce tapınağa doğru ilerliyorlardı. Çok kalabalıklaştılar. Birbirlerini eziyorlar, ezilenler yere düşüyor ama tüm bunlar büyük sessizlik içinde oluyor ve olanlar hiç fark edilmiyordu. Sessizce, yüzlerindeki maskelerle tapınağa doğru ilerliyorlardı.

Ellerimi duvarda gezdiriyordum. Birden çok büyük bir acı hissettim elimde. Birden kırmızı bir sıvı taştaki oyuklardan ince çizgiler çizerek akmaya başladı. Elimden damlayan kırmızı sıvı nemli toprağa düşüyor ve toprağa kızıl bir renk katıyordu...

Küçükken, okuldan bir arkadaşım bana bütün yağmur damlalarının birer melek tarafından tutulduğunu ve yere inerken yavaşlatıldığını söylemişti. Eğer melekler onları yavaşlatmasaymış, o damlalar düştükleri yeri delip geçermiş... Şüphesiz herkes gibi bende meleklere inanıyorum ama onların insanların işleriyle ilgilendiklerini sanmıyorum...

Bu sabah postacı geldi. Küçükken duyduğum bir şarkıyı -hatalı da olsa- mırıldanıyordu. İşinden çok memnun gibiydi. Her gün şehri dolanmak bana memnunluk vermez ama ona verip veremeyeceğini ben yargılayamam... Bana bir zarf getirmişti. Gerçi ondan başka bir şey beklemiyordum, kapımı çaldığında dişlerimi fırçalıyordum. Dün geceden ağzımda kalan ekşi tat bir türlü yok olmuyordu. Dişlerime yapışmış bırakmıyordu. İşte, postacı da tam böyle bir zamanda gelmişti. Yüzünde koca bir sırıtış vardı... Ama benim köpüklü ağzımı görünce, kaşları önce yukarıya kalktı sonra sağa kaydı sonra da büzüşüp ortada tek bir çizgi oldu. Bununla birlikte ağzındaki sırıtma hiç bozulmadan sağ yanağına doğru kaydı. Sanırım bu ifadeye şaşkınlık ifadesi deniyordu... Bu şaşkınlık için üç neden bulabildim, ancak bu konu üzerinde daha fazla düşünseydim sayının artacağından emindim. Eğer birincisiyse; postacı ağzımdaki köpüklerden korkmuş benim kuduz olduğumdan şüphelenmişti. İkincisiyse; postacı benim bir yaratık tarafından saldırıya uğramış olduğumu düşünmüş olabilirdi. Üç, sabahları benim de diş fırçalamak gibi normal bir şey yaptığımı düşünmüş olabilir... Bence üçü de postacıyı şaşırtmaya yeterdi... Onu kapıda yüzündeki şaşkınlık ifadesiyle bıraktım ve mektubumu alıp evime girdim. Ama mektubu okumadan önce ağzımı çalkaladım. Günün ilerleyen saatlerinde birinin ölüm nedeni olmamak için...

Mektup kardeşim Lil'dendi. Neden e-mail göndermez ki hangi zamanda yaşıyoruz? Mektuplar evde yer kaplıyor, e-mail zaten yer kaplayan bilgisayarın içinde kaldığından fazladan yer kaplamıyordu. E-maili silmek daha kolay, mektubu yırtıp atınca çöpte yer kaplıyor. Hem ağaçlara da yazık değil mi? Ama o işin romantik kısmıyla ilgileniyor... Yine okumadan diğer mektuplarının yanına koydum. Onunla ilgili her şey oradaydı açmakla uğraşmamıştım. Korkmuştum, onun yazdıklarından... Çünkü evden ayrılacağımı, Uzak'a gideceğimi, orada okuyacağımı ve geleceğimle ilgili ne varsa hepsinin orada olmasını istediğimi söylediğim gece evde büyük bir tartışma yaşanmıştı. Sanırım bağıran bendim, sakin -olabildiği kadar- derdini anlatmaya çabalayan ise oydu.

Baba ve Kötü Yeni'yse bana karşı gelemeyeceklerini bildiklerinden bir köşeye oturmuş iç çekerek bizi dinliyordu. Baba, bir iki kere ayağa kalkıp kolumdan tuttu. Ama ben sertçe kolumu ondan kurtarınca bir iki seferden sonra vazgeçti.

Sonra Lil, bana neden Uzak'a gitmek istediğimi sordu. Sorarken sesi, sakin ve yaramazlık yaptıktan sonra yaramazlığını gizleyen çocuktan, olanları itiraf etmesini bekleyen annenin sesi gibiydi. Gözleri kısılmış, yeşil bir çizgi halini almış, dudakları büzülmüş, tek kaşı havaya kalkmış, aptal gerçeği, Kötü Yeni ve Baba'nın duymasını bekliyordu. Afalladım. Lil'in bana bunu sormasından da korkmuştum. Uzak'a gitmek istememin nedenini Lil'e söylememiştim. Ama yeşil gözlerinden bir şeyler bildiği anlaşılıyordu. Yine de bunu bana sakince sormuştu. Benim gitmemi engellemek için tek çarenin bu olduğunu düşünüyordu.

"Söylesene" demişti Lil, gözlerinden yaşlar süzülerek.

"Neden gitmek istediğini söylesene. Senin kararın olmadığını, bunu, sana onun söylediğini... Söylesene. S-Ö-Y-L-E-S-E-N-E."

Lil gözlerindeki yaşları koluyla silip, Kötü Yeni'ye ve Baba'ya baktı. Sonra delici bakışlarıyla bana döndü ve burnunu çekerek, kafasını hafifçe yana çevirdi, bu hareketle cevabımı beklediğini hatırlattı. Şimdi onun minik, biçimli burnunu daha iyi görebiliyordum. Gözüm burnuna takıldı. Burnunun eğiminde kaydıraktan kaydırıyordum... Anlatacaklarımı hazırlamak için yeterli sürem vardı. Ama ben gözümü onun burnuna takmış, kaydıraktan kayıyordum...

Sonra Kötü Yeni'nin hıçkırdığını duydum. Nefretle ona baktım, Lil'den saklayamadığım açıklamam gereken gerçeğin içimde yarattığı öfkeyi Kötü Yeni'den çıkartmak üzere bir adım attım ama Kötü Yeni hemen başını öne eğdi ve Babam bakışlarıyla beni durdurdu. Henüz onun güçlü kollarına karşı gelemeyeceğimden emindim. Sonra ise Babam;

"Di, henüz gerçekten çok küçüksün. Nasıl olur da bunu kabul etmemi beklersin. Seni oraya yalnız gönderemem, imkânsız. Henüz Uzak'ta tek başına yaşayamazsın" diye fısıldamıştı.

"Ama ben yalnız gitmiyorum ki!" diye inlemiştim.

"Ah, işte söyledin Di!.. Oraya O'yla gideceğini hatta seni oraya O'nun zorla götürdüğünü, Konkuslarla ilgili yapman gereken görevlerinden bahsetsene, onun sana verdiği görevlerden. Ve senin bunlara nasıl uyduğundan. Dur bakayım Di, seni neyle tehdit ediyordu. Hatırladım, şeyle, hım... Hah, seninle sonsuza dek küsmekle değil mi?"

Sonra da kolumdan tuttu ve "Ama izin vermeyeceğim. Bir daha onu dinlemeyeceksin. Sana zarar veriyor Di" dedi.

"Bana nasıl karışabilirsin ki Li! Pis Konkus! Hıh, sen mi izin vermeyeceksin, sen mi?" diyerek Lil'in saçlarını -hayatımda ilk kez bu kadar canını acıtmak istemiştim, tüm öfkemi kusmuştum- çekmiştim. O anda Lil'in gözlerinin canlı yeşili gitti ve bana bakarken oluşan yumuşaklığı yok oldu ve bir daha geri gelmedi. Gözlerini kapatıp derin bir nefes aldıktan sonra ellerini boynunun arkasında birleştirip, sessizce odadan çıktı. Benimse çekiştirmenin şiddetinden elim hâlâ yanıyordu.

Her zaman böyle sinirliydim işte, Lil ise harika bir insandı. O benim dünyada tanıdığım en gerçek insandı. Harika bir ablaydı. Ama ben bunun hep tersini görmeye çalışmıştım...

Şimdi ise yanıldığımı bildiğimden o mektupları okumuyordum. Ona yaptıklarımdan dolayı çok üzgündüm ama... Binlerce kez denemiştim... Ama hep açmadan onları soğuk çalışma odasında dağınık masamın üzerine öylece bırakıyordum...

Annemiz öldüğünde, ailemiz dağıldığında, bana anne ve abla olmuştu Lil. Bu da onu çocukluğunu yaşayamayıp erken büyümek zorunda bırakmıştı. Halbuki bence çocukluk yaşamın en güzel yıllarıdır...

Uzak'a gitmeden önceki gece yaşananlara karşın yine de beni uğurlamaya havaalanına gelmişti. Yanındaki küçük kızın elini sıkıca tutuyordu. "So, sen de Di'yle gitmek ister misin?" diye sormuştu Baba, elini Soyut'un minik kafasının üzerinde gezdirerek. Babamın şu isimleri sürekli kısaltmasına çok rahatsız olurdum. Bana; D....'nin D'sini, yabancı okunuşu ile Di'yi, Lil'e; Lil'in Li'sini şimdi de Soyut'a; Soyut'un So'su... Çizgi filmlerdeki ayı ailelerinin isimleri gibi... Li, Di, So...

Ben hâlâ Soyut ismine alışamamıştım. Kulağa gerçekten kaba geliyordu. Kim bilir çocukla nasıl dalga geçilecek... Soyut, Kötü Yeni ile Baba'nın yeni çocuğuydu. Ama biraz Pollyanna gibi mutluluk oyunu oynamalıyım. En azından bir adı var, değil mi! "Iıı sen de gitme!" diye fısıldadı Soyut. Onun bu dileğine karşılık ben, sadece arkamı dönmüştüm. Soyut benim için pek önemli değildi. Lil de oradaydı. Zümrütler takmış, yeşil kadife giysili bakışları, siyah kirpiklerinin oluşturduğu hapishaneden kaçmış, beni delip geçiyordu. Ailem diye çağırdıklarım arkamdan öylece bakıyorlardı. Ama ben artık Uzak'a giden, siyah siluet haline gelince onlar da ağır ağır arkalarını dönmüşlerdi. Ama ben onların konuşmalarını bir şekilde hâlâ duyuyordum. "İzin vermemeliydin baba, o daha çok küçük. Onun yaşında bir kızın Uzak'a tek başına gitmesi, nasıl olur" diye soruşunu duyduğumu hatırlıyorum Lil'in. "Biliyorsun onu burada tutmak imkânsız Li. Di'yi tanıyorsun. Onu Uzak'a göndermemek, onun O'ya karşı geldiğini düşünmesinden çok çok daha az tehlikeli."

"Di'ye bir şey olmayacak, onun akrabalarımızın yanındaki evde kalmasıyla onunla ilgili hiç tehlike olmayacak, Di bilmese de o gittiği ev aslında kız kardeşim Merih'in evi. Zaten kardeşim de o evin yanında kocası ve kızıyla birlikte yaşıyor. Di'ye o evin sahibinin öldüğünü falan söyleyecekler, Merih iyi rol yapar." Kötü Yeni'nin bu son söylediklerini duyamamıştım, başka bir şeyle ilgileniyordum çünkü. Duymamam onlar için daha iyi oldu. Lil arkasını dönmüş giderken bile, o halde onda kıskanacak, kızacak bir şeyler buluyordum... Neden o benden güzel yürüyordu? Neden onun ayakkabısının izleri benimkilerden daha ilginç? Neden o kalıyor, ben gidiyorum? Neden o benden daha mutlu? Neden o annemi benden daha fazla gördü? Neden o babamın kucağına daha fazla oturdu? Neden o benden önce doğdu? Neden?..

Uzak'a da bu sebeple gidiyordum. Burada Lil'le yaşamak benim ve Lil için sorunlar yaratacaktı... Onun bana verdiği emirlerden biri de buydu. "Pis Konkus Lil'i yok et, o her şeye karışıyor ve Uzak'a tüm Konkusları yok etmeye git." O'ya karşı gelmiştim. Lil'i yok edemeyeceğimi O'ya ağlayarak söylemiştim. Kendimi durdurmuştum. O ise -ona karşı gelmeme rağmen- beni anlayışla karşılamış, Lil'i öldürmeyi en sona bırakıp, diğer Konkusları yok etmeyi kabul etmişti. O her zaman anlayışlıdır. Ama ben Lil'e karşı artık kendimi tutamıyordum...

Dayanamadım, arkasından koştum. Botlarım yeniydi, sokağa yağmur yağmıştı ve onlar çamura batmıştı... Bastığım her yeri kirletiyordum... Botlarım koşarken garip sesler çıkarıyordu. Onu havaalanından çıkmadan yakaladım. Paltosunun yakasını parmaklarımın arasına aldım. Tırnaklarım acıyordu sıkmaktan... Lil korkmuş ve şaşkın gözlerle bana bakıyordu. Kötü Yeni'nin uzun parmakları ve Babanın güçlü kolları beni Lil'den ayırmaya çalışıyordu. Lil'in neler olduğunu soran bir ifadesi vardı. Hemen cevapladım... "Senden bıktım!" Li'den sadece bir sesli harf çıktı. "I…" Bununla hâlâ neler olduğunu kavrayamadığını anlatmaya çabalıyordu. Ona yardımcı oldum... "Senden bıktım, evet, senin çevremde olmandan, saflığından iyi huyluluğundan bıktım... Evet seni kıskanıyorum... Sen hep o küçük kız, en sevilen en ilgi gören kız, hep benden daha çok ayrıcalığı olmuş olan, anlayışlı, sakin abla... Senden nefret ediyorum!" Ağlamaya başlamıştım. Burnumdan da sıvı bir şeyler akıyordu. Lil'i ittim ve koşarak uçağımın yanına gittim.

Lil ise orada öylece kalmıştı. Elimle sıktığım yerde elimin izi kalmıştı. Ailem, uçağım kalkana kadar orada durmuştur herhalde ama ne zaman gittiklerini hiç bilmiyorum.

Uçakta, Li'ye yaptıklarım yüzünden vicdan azabı duydum. Lil'e gerçekten kötü davranmıştım. Ona hep kötü davranmıştım ama bu sefer, onu öldürüyordum. Ben bunları düşünürken; "Kafana takma. Gözyaşlarını da sil. Bence harikaydı... Seninle gurur duyuyorum, çok iyiydin kızım..." Bir anda tüm vicdan azabım yok oldu, vicdan azabı yerine büyük bir sevinç duydum. Tanrım, onun tarafından övülmek muhteşem... Kendimi o kadar mutlu hissediyordum ki... Sırf O'nun tekrar bana bu cümleleri söylemesi için dünyadaki tüm Lilleri ve tüm Konkusları yok edebilirim... O'nun sevgi ve şefkat dolu sesi... O'ya hayranım, O'ya bağlıyım. O'nun beni kutlaması, sevgi ve şefkat dolu sesinin benim ismimi söylemesini duymak için -demin söyledim, yine söylüyorum- dünyadaki tüm Lilleri ve diğerlerini yok edebilirim, eğer bu büyük güçlü O'nun hoşuna gidecekse...

Uçaktayken yanımda annesiyle oturmuş, ona büyük bir heyecanla bir şeyler anlatan küçük bir çocuk vardı. Çocuğun burnu palyaçolarınki gibi yuvarlak ve büyüktü ama onun kızıl saçlarıyla harika bir uyum içindeydi. Anlatırken elleri havada, kafasını iki yana sallıyor ve bazen elleriyle gözüne giren alev gibi kıpkırmızı ve etrafa ilginç bir ışık yayan saçlarını küçük parmağıyla bir yarım ay çizerek geriye atıyordu. Onu ve annesini öyle görünce içimde bir şeyler koptu. Boğazım bir anda kurudu ve midemden sanki lavlar çıkıp her tarafı yakacak hissine kapıldım. Belki bu yüzden ağzımı sımsıkı kapadım, etraf lavlardan yanmasın diye. Sonra gözlerimden ıslak, sürünen gri, küçük böceklerin yanağımdan boynuma doğru süründüğünü hissettim.

Yanımdaki kadın bunu gördü ve gülümsedi. İşte, o an çok daha kötüydü... Hemen arkamı döndüm. Güzel bir annenin sevgi dolu gülümsemesi beni alev alev yakacakmış gibi hissettim. Bir yanım onun güzel boynuna dişlerimi geçirmek, saçlarını yolmak ve kokusunu alıp saklamak bir yanım da annenin güzel şefkatli gözlerinin içinde rüyalar görmek istiyordu. İşte bir an benim hiçbir zaman düzenli bir ailem olamamasının verdiği acı, içimi paramparça etti ve tüm kırıklar kalbime şiddetle saplanmaya başladı... Şimdi pencereden dışarıya beyaz bulutlara bakıyordum. Küçüklüğümü düşündüm. Küçükken annemle babam ayrıldıklarında, annemle şehirden uzak küçük bir siteye taşınmıştık. Li, o ve ben... En mutlu günlerimdi o zamanlar... Bahçemizde sadece benim olan bir papatyam ve her zaman aynı saatte beslediğim güzel güvercinlerim vardı... Aslında sadece güvercinlerim ve papatyam vardı denilebilir... Oranın sadece küçük bir site olmasına karşın, ben arkadaş bulamıyordum. Küçük sitelerde mutlaka herkesin bir arkadaşı olur. Küçük gruplar vardır birine katılırsın ama ne o gruplar beni almak istiyordu ne de ben o gruplardan birine katılmak istiyordum... Genelde tek başıma hiç mızıkçılık yapmadan, kendi istediğim oyunu kendi kurallarımla oynuyordum -bu çok daha çekici değil mi ama- hep yalnızdım ve bu artık her aileyi rahatsız etmeye başlamıştı. Benim sürekli yalnız olduğumu, öğlenin tüm saatlerini kendi kendime ya resim yaparak ya topraktaki taşları sayarak ya evdeki örümcek ağlarını arayarak ya da güvercinleri seyrederek geçirmem oradaki tüm annelerde korku yaratmıştı. Annem ise buna son vermek için beni sürekli oyun parkına götürüyordu, ama bu sadece ortaya daha da komik bir manzaranın çıkmasına neden oluyordu...

"Sen de onlarla oynasana Di… Bak ne güzel kumdan deniz kızı yapmışlar, ne dersin?" "Iıı hayır. Ben burada kumdan çamur yapacağım." Anneme verdiğim bu cevap, oradaki tüm ailelerin gözlerini şaşkınlıkla bana çevirmesine neden olmuştu. Bir tarafta dört arkadaş kumdan bir şeyler yapmaya çabalıyor -ancak tüm çabaları boşuna çünkü birkaç dakika sonra eğer ben kendi çamurdan kalemi beğenmezsem, onlarınkinin daha güzel olduğunu düşünürsem; onların da bir deniz kızı olmayacak- diğer tarafta da ben çamurun içinde kendi etrafımda dönüyor kendi kendime yuvarlanıyorum.

Tamam, belki küçükken sosyal olduğum söylenemezdi ama sonradan daha da içime kapandım, beni hep mutlu edip güldürebilen tek insan artık hayatımdan çıktığında, yani annem öldüğünde... Babamın yanına taşınmıştık. Babam büyük bir evde oturuyordu, şehrin göbeğinde...

Artık ne kum vardı ne de papatyam, güvercinlerim bile orada kalmıştı. Hayatımız tamamen değişmişti; küçük arabamızın yerini büyük ve şık bir spor araba, küçük evimizin yerini büyük bir apartman dairesi, çiçekli bahçemizin yerini egzozlu balkon ve annemizin yerini başka bir kadın...

***

Küçükken arkadaş bulmakta zorlanırdım. Onları kendi istediğim oyunları oynamaya ikna edememe gibi bir ihtimal vardı ama tek başıma olduğumda kimseyi ikna etmem gerekmiyordu. Çünkü kendim, kendimin ne oynamak istediğini çok iyi biliyordu. Ve hep bana uyuyordu... O zamanlar insanları da çok seviyordum... Yani değişmeden önce... Ben çok zengin, ünlü bir oyuncu olmak istemiyordum ama sırf sokaktaki küçük çocuklar, hayvanlar için kocaman bir şehir yaratmak için bu mesleği istiyordum, çok para kazanacaktım çünkü öbür türlü param yetmezdi... Bunları hatırlayınca yüzümde mutlu bir gülümseme oluştu... Uzun zamandır, ilk mutlu gülümsememdi bu...

***

Uzak'a vardığımda, havaalanında sanki bir bekleyenim varmış gibi gözlerim birilerini aradı... Her zaman Li elini Babamın elinden kurtarır bana doğru gülümseyerek koşardı. Arkadan da Babam yüzünde küçük bir gülümseme Kötü Yeni'yle birlikte yavaş yavaş gelirlerdi. Ama zaten olmayan kişileri, gözlerim bulamadı... Oradaki bir sandalyeye çöktüm... Küçük sırt çantamdan gideceğim yerin adresini çıkarttım. Bir taksiye gideceğim adresi verecektim o da götürecekti, pek zor olmasa gerek. Etraftaki insanları seyrediyordum... Bazıları genç, bazıları yaşlı... Elinde deri evrak çantalı adamlar aceleyle taksi bulmak için koşuyor, bir eliyle küçük çocuğunun elini diğeriyle telefonunu ve bir üçüncü ele de -valizleri için- gerçekten ihtiyaç duyan kadınlar... Onları izlemek hayattaki en komik filmi izlemekle aynıydı... Karşımda küçük bir kız bana bakıyordu... Uzun süre bana baktı, elbisemi, saçımı, çizmelerimi, valizlerimi, saatimi hepsini teker teker inceledi. Elbisemde kaç tane çiçek olduğunu, paltomun kaç tane düğmesi olduğunu, botumda kaç tane düğüm olduğunu, saatimin kaçı gösterdiğini hepsini teker teker inceledi. Giysimin renkleri arasındaki komik ilişkiyi inceledi. Sonra bakışlarını yüzüme çevirdi. O ana kadar onu izlediğimi fark etmemişti. Gözlerimin içine telaş ve utangaçlıkla baktı... Kızın çok güzel bir yüzü vardı... Kocaman kahverengi gözleri, yüzüne şaşkınlık ifadesi veren yarım daire şeklinde kaşları, minik kırmızı dudakları, küçük burnu, öne çıkık çenesi, yuvarlak yüzü ve kapkara beline uzanan saçlarıyla çok güzeldi. İnsan ona bakmaktan büyük keyif alırdı. Hayatımda gördüğüm en esmer kızdı. Her şeyiyle esmer... Ona gülümsedim, o utandı, yüzü kızardı. Karasını annesinin paltosuna gömdü, omuzlarını kulaklarına değecek kadar yukarı kaldırdı. Gülmeye başladı. Annesi kızının ne yaptığını anlamak için arkasını döndü. Onun saçını okşadı... Sonra bana baktı. Gülümsedi. Kızının elinden tuttu ve kapıya yöneldiler... Küçük kız heyecanla bir şeyler anlatıyordu. Annesi ise dinler gibi kafasını sallayıp arada bir şaşırmış gibi ağzını açıyor, gülümsüyor, kaşlarını kaldırıyordu... Onlar gittikten kısa bir süre sonra etraf karardı... Her şey bir anda durdu... Sesler gittikçe boğuklaştı... Beynim sustu... Artık dünyada değildim. Bulutlar arasında süzülerek yükseliyordum uyumuşum…

***

Bu sabah çok mutluyum... Çok güzel uyudum. Akşam yağmur yağdı. Gece beni onlar uyuttu, bana ninni söyleyen onlardı... Ben uyuyana kadar başımda beklediler... Rüyamda da beni yalnız bırakmadılar... Sabah uyandığımda ise gitmişlerdi. Beni Güneş'e teslim edip evlerine, büyük bulutların arasına çekilmişlerdi... Kahvaltı için aşağıya indim, yasemin çayı içmek gelmişti içimden. Ocağın üstündeki dolabı açtım. Bir paket vardı. İçinde ise sadece bir poşet yasemin çayı kalmıştı. Güzelce kahvaltımı ettim. Bugün pazardı. Yapacak hiçbir şeyim yoktu. Evi biraz temizlemeyi düşündüm çünkü son zamanlarda boğazımda gıcık oluyordu ve tahminen sebep tozlardı... Televizyonu açtım, aptal makinesi ne olacak! Karşısına geçip saatlerce ona bakıyoruz, o da bize... Hiç konuşmadan sadece bakışıyoruz...

Bu salakça bakışmalara daha fazla katlanamadım, kalktım biraz ortalığı topladım. Yastıkların arkasına tıkıştırdığım çikolata paketlerini attım. Elim yine mektuplara gitti ama ... açamadım...

Neden korkuyordum ki sadece bir kâğıttı o! Aç oku bitsin... Hem şu içindeki garip duygudan da kurtulursun... Aç!

Elbette, ama ama bugün değil belki yarın açarım...

***

Di,
Gideli çok oldu. Ama sen bize hiçbir şekilde yaşadığını bile haber vermedin... Seninle ilgili tüm haberleri Kötü Yeni'nin kız kardeşinden, -yan komşun- öğreniyoruz... Lütfen, bize düzenli haber ver. Seni çok merak ediyoruz... Ben son zamanlarda yaşadığım tüm kötü anıları unuttum biliyor musun? Her şeyi, tüm kötü anıları... Mutlu anılarımı silemesin diye... Kötü Yeni, Baba ve So da sana selam söylüyor. Seni çok özledik. Kendine dikkat et. Mektup yaz.
Sevgiler.
Li...

***

Di'ye,

"Gideli çok oldu değil mi? Seni özledik."

Bu iki cümle sana bir şekilde tanıdık geliyor mu? Annemiz öldüğünde sen ve ben her akşam balkona çıkıp aya bakarak bunları söylerdik. Ondan sonra soğuk bir rüzgâr estiğinde de korkup birbirimize sarılırdık. Sonra "Kötü Yeni" gelir (yeni anneye taktığın isim buydu) bizi içeri sokardı. Sen hemen surat asardın, onun bizimle ilgilenmesi seni rahatsız ederdi. Bense hemen onun sözünü dinler yatardım. Ona minnettardım çünkü o bize annelik yapıyordu. Sense ondan nefret ederdin. Ve benim onun sözlerini dinlediğimi gördüğünde benden de nefret ederdin. Ve yalnız kaldığından yakınır dururdun.

Bir gün yemek yerken Kötü Yeni sana "Ondan da ye, bundan da ister misin?" diye bir şeyler söylüyordu. Onun bu ilgisi seni hep rahatsız ederdi. Ama sen, Babayı üzmemek için, onun her verdiğini alıyordun. Tam tabağını geri alırken tabak elinden kaymıştı ve yemek üzerine dökülmüştü. Kötü Yeni hemen yanına koşmuştu ve temizlemeye çalışmıştı sense onun elini ısırıp itmiştin ve ona, "Sen ısrar etmeseydin tabağımı hiç uzatmamış olacak ve dökmeyecektim" diye bağırmıştın. Kötü Yeni'yi çok üzmüştün ve o da dayanamayıp ağlamaya başlamıştı.

İnsanların çabuk ağlamaları seni rahatsız ederdi daha çok sinirlenirdin. Bense ağlayanları görünce çok üzülür, ağlardım onlar için. O akşam da öyle olmuştu. Benim de ağladığımı görünce sen iyice kızmıştın. Bana bağırmıştın. Ben de çok üzülmüş seninle konuşmamıştım. Masada iki ağlayan ve bir bağırıp duran küçük, hırçın çocuk babamı da sinirlendirmişti. Seni odana göndermiş ve iki gün oyunu yasaklamıştı. Sen çok sinirlenmiştin. Odana gidip hiç ağlamadan oturmuştun. Babam bana da seninle konuşmamamı söylemişti.

Sen kendini çok yalnız hissetmiştin. Öfkeni hiç kontrol edemezdin. O gece odana gittiğinde de çok kötü şeyler yapmıştın. Odandaki tüm boyalarla duvarlarına ağlayan yüzler, birbirini öldüren insanlar, dişler, kanlı ağızlar, kopuk kol ve bacaklar çizmiştin. Ama bunların yanında o gece; senin hayatını mahvedecek başka bir şey daha çizmiştin... Senin "O"yla tanışmanı sağlayacak bir şey...

***

Di,

Tüm hayatını mahvetti O, sen odandan çıktığında ve yasağın kalktığında yanına koşmuştum. Ama benim geldiğimi görmemezlikten gelmiş parmağınla oynuyordun. O'ya geceyi anlatıyordun. Sonra ben gelip yanına oturdum sen beni görmemezlikten gelmeye devam edip yeni arkadaşınla oynamaya devam ettin. Ben kalkıp gitmedim, sabırla bana bakmanı bekledim. Biraz geçince bana dönüp kalem getirir misin diye sordun, kendimi affettirebilmek için her şeyi yapabilirdim o yüzden hemen kalkıp sana çikolata kokulu en sevdiğim kalemi getirdim. Kalemi hemen elimden kapıp parmağındaki insan suratını daha da belirginleştirdin. Sonra bana dönüp parmağını uzatıp beni tanıştırdın. İsmi yoktu. Parmağındaki gözler şaşıydı ve aynı hizada da değildi dudağı üçgendi ve burnu sadece bir çizgiydi çok komikti ve tabii senin yüz ifaden de çok komikti. Benden bir sözcük bekliyordun "harika" gibi. Ama benden çıkan tek ses, domuz sesiyle öğürmek arası bir şeydi. Gülmemeye çalıştım, çalıştım, çalıştım ama sonra kendimi tutamadım ve karnımı tuta tuta gülmeye başladım. Sonra yüzüne baktığımda senin yüzündeki

*gülümseme gitmişti. Kaşların çatılmış gözlerin yaşarmış ve
ah bir bilsen sinirlendiğinde yüzün ne kadar komik oluyor.
Önce kaşlarını çatıp, alnını kırıştırıyorsun sonra gözlerini
bayıyorsun ve gözlerin yaşlarla doluyor ama ağlamıyorsun ve
en hoşuma giden de yanaklarını şişirip somurtman. İşte bu
beni çok güldürüyor...*

***

*Artık benimle hiç oynamaz olmuştun. Hep onunla konu-
şuyor, beni görmezden geliyordun. Önceleri bekledim belki
tekrar dönüp benimle oynarsın diye ama sen hiç geri gelme-
din. Bir keresinde aranıza bile girmeye çalıştım ama yine
olmadı. Siz ikiniz hiç ayrılmıyordunuz. Seni hiç yalnız bu-
lamıyordum. Çünkü o sürekli senin parmağının olduğu yer-
deydi. O'yu hiç sevmiyordum ve nasıl olup da onunla eğlene-
bildiğini merak ediyordum. Sadece bunu öğrenebilmek için
elime ben de bir tane kız suratı çizip onunla konuşmuştum.
Ama çok sıkıcıydı. Ne sorularıma cevap veriyordu ne o soru
soruyordu. Nesi eğlenceli olabilirdi ki! Oyun oynamıyordu...
Sonunda bu saçmalıktan çok sıkılıp elimi yıkamaya gitmiş-
tim. Hatırlar mısın evimizin tuvaleti salondan ne kadar
uzaktı. Bizim koridorumuzda çok uzun ve karanlıktı. Ak-
şamları tuvalete gidemezdik çok korkardık. Tutabildiğimiz
kadar tutardık. Sonunda ikimizden biri tuvaletini tutamaz
sıcak sarı sıvı bacaklarından akardı. Ve öteki de bunu görüp
zaten zor tuttuğu tuvaletini o da salıverirdi. Kötü Yeni gelir
bizi elimizden ellerimizden tutar tuvalete götürür yıkardı.
Sen hep kendin yıkanırdın onun seninle ilgilenmesini hiç is-
temezdin. Bense ona minnettardım bizimle ilgilendiği için.*

Aslında o iyi bir kadındı. Neden onu hiç sevemedin ki...

Not: *Umarım sana gönderdiğimiz kırmızı kazağı sevmişsindir. Eğer bir şeyler gerekirse haber ver. Hâlâ senin cevaplarını bekliyoruz.*

Tam elimi yıkarken aklıma bir fikir gelmişti. Hemen musluğu kapattım. Elimi kuruladım ve hemen senin deyiminle Kötü Yeni'nin yanına koştum. Yanına gittiğimde dergi okuyordu. Beni görünce hemen dergiyi yere koydu kollarını açtı. O, o kadar güzel bir kadındı ki. Tıpkı bir meleğe benziyordu. Bembeyaz bir teni vardı. İri, koyu kahverengi gözleri ve sapsarı kısa saçları vardı. Çok güzeldi. Beni hemen kucağına aldı. Bana karlar prensesi derdi. Bana babam böyle seslenirdi hatırlıyor musun? O da babamdan duyup, kendinin de böyle seslenip seslenemeyeceğini sormuştu. Ben de izin vermiştim. Babam sana da maymunlar kraliçesi derdi. Hep ona sorardın neden maymunlar kraliçesi? O ise gülerdi sen hiç anlamazdın onun neden güldüğünü ama çok basit bir sebebi vardı onun gülüşünün, sen merakla bir şey sorarken yüzün çok komik bir hal alırdı. Kaşlarını havaya kaldırır, gözlerini kocaman açar, dudağının bir kenarını aşağı sarkıtırdın. Sen maymunlar kraliçesi olmayı sevmiyordun. Hep bundan nefret ederdin. Ama ben gelip de sana bununla ilgili kötü bir şey söylersem hemen sen kendini savunurdun bir anda Maymunlar Kraliçesi olmanın çok önemli bir şey olduğunu anlatırdın. Bana derdin ki "Kraliçeler prenseslerden daha büyüktür ve prenseslere istediklerini yaptırabilirler." "Olabilir ama sen maymunların kraliçesisin ve bir maymunsun, bense insanım ve karların prensesiyim ve bir prensle evleneceğim!" "Hiç de bile canım, maymunların kraliçesi ille de maymun olmak zorunda değil ki ben de insanım. Hem sen karların

prensesi olsan da olmasan da kışın tirtir titriyorsun, hatır-
lasana. Kışın senle kardan adam yaparken kıpkırmızı bir
burunla eve dönüp, hapşırıp duran ve günlerce ateşle yatakta
yatan ben değildim. Hem karların prensesi bana karlarını
saldırtamaz, beni ancak dondurur hem zaten donsam da
yazın eririm, sen dondurunca da taze kalırım hep genç ka-
lırım, hiç büyümem ama maymunlarımı sana saldırtırsam
seni ısırırlar ve sen de bir maymuna dönüşürsün!" ve ben de
korkup kaçardım... Senden iki yaş büyük olmama rağmen
sen beni hep yenerdin. Söz savaşı olsun, oyun olsun, hep.
Kötü Yeni'nin yanına gitmiştim, ondan elime çok güzel bir
kız suratı çizmesini istemiştim. Çizebildiği kadar güzel bir
surat çizmişti. Sonra onunla oturup bu kıza havalı bir isim
aramıştık. İsmini Venodite koymuştuk. Venüs ve Aphrodite'in
birleşimi. Ona Venüs ve Aphrodite kim diye sorduğumda
biri Roma diğeri Yunan mitolojisinde geçen iki güzellik ve
aşk tanrıçası olduklarını söylemişti. İsim çok hoşuma gitmiş-
ti. Venodite harika bir isim. Ve-no-di-te, V-e-n-o-d-i-t-e...
Koşarak yanına gelmiştim. Seni biriyle tanıştıracağımı söy-
lemiştim. Gözlerini kocaman açarak "Kim?" demiştin. Sana
parmağımı uzatmıştım. "Venodite" parmağımdaki yüzle seni
tanıştırmıştım. Ve tabi senin parmağındakiyle de. "O"yla da
tabi. Ama hiçbir şey umduğum gibi gitmemişti. Sen Veno-
dite'i kıskanmıştın nedenlerinden biri de isminin Venodite
oluşuydu. İsmi çok güzel diye onu O'dan kıskanmıştın. Sen
bütün bir gün konuşmadan somurtarak oturmuştun. Sonun-
da Venodite'e bakıp, senden hiç hoşlanmadım, bir daha O ile
konuşma diye bağırmıştın. Sonra bana dönüp sen ne biçim
bir kardeşsin, bir daha benimle konuşma! Venodite'i bir daha
görmek istemiyorum. Senin onu getirmenin nedeni bizi O ile

ayırmak değil mi; ama izin vermeyeceğim, Venodite'i benden uzak tut! O gün ne kadar da çok üzülmüştüm, planımın tam tersi olmuştu. Ve sen, beni çok yanlış anlamıştın. O gün bütün gece başım ağrımıştı...

***

Ertesi gün elimde Venodite'nin olmadığını fark edince yanıma gelip beni affettiğini söylemiştin. Ve eğer istersem sizinle oynayabileceğimi söylemiştin. Ben büyük bir mutlulukla yanına oturmuş O ile konuşmaya başlamıştım. Senin parıldayan gözlerin zamanla endişe ile bakmaya ve yüzün asılmaya başlamıştı. Gözlerini hızla kırpıştırıyordun ve bana çok garip bakıyordun. Benim, senin bu ifadeni görüp de konuşmamı kesmem biraz geç olmuştu. Çünkü sen yanımdan kalkıp çoktan odana gitmiştin. Kötü Yeni mutfakta yemek yapıyordu, odana giderken mutfağın önünden geçmen gerekiyordu. Geçerken mutfağın kapısından kafanı uzatıp, yemek çok kötü kokuyor, aynı senin ayakların gibi demeyi ihmal etmemiştin. Bense ağzım açık arkandan bakakalmıştım... Yine planlarım işlememiş yine ters gitmişti. Elde vardı iki yenilgi, sıfır plan!

***

Ne yapmalıydım bilmiyorum. Çok üzülüyordum ve gerçekten çok endişeleniyordum... Sen bana küsünce ben kendimi boşlukta hissediyordum. Seninle küsmek benim için hayattaki en kötü şeylerden biriydi. Çünkü sen öyle bir bakıyor ve sessizleşiyordun, öyle bir masumlaşıyordun, öyle çok sakinleşiyordun ki senin o eski sinsi, sürekli konuşan, hareketli halini özlemeye zorunlu bırakıyordun seni küstürmek suçunu işleyeni... Seninle küsen ve senin değişimini gören insan *sanki seni öldürmüş gibi suçluluk içinde kıvranıyordu. Senin en büyük silahlarından biriydi bu. Hayatımda tanıdığım hiç kimse bu duruma karşı iki gün bile dayanamıyordu. Ve bu kişi bensem bu durum on dakika bile sürmüyordu. Beş saniye içinde tüm organlarım acıyla kıvranıyor ve kendimi sanki bir insan topluluğunun tüm mutlu hayallerini çalmış kötü kral gibi hissediyordum... Ama yine de iki gün sonra benimle barıştın. Bunun nedeni benim çok üzüldüğümü görmen değil benden çikolata kokulu kalem istediğindendi...*

***

Di,

Babam sana artık büyüdüğünü ve "O"yu silmen gerektiğini söyleyince sadece hıçkırmış ve iki gün boyunca konuşamamıştın. Babam da çok üzülmüştü, o seni çok severdi. Onun o gece hıçkırarak ağladığını duymuştum ama sonra Kötü Yeni onu teselli etmişti. Ertesi gün Kötü Yeni yanına gelip sana; "Haydi bak, arkadaşların seninle dalga geçer sil onu," deyince çok sinirlenmiştin. Ve onu çok üzecek, berbat kelimeleri söylemek için bir anda dilin çözülüvermişti. Bunun da yararı olmamıştı. Seni "O"dan ayırmak imkânsızdı... Çünkü sen ondan ayrılmak istemiyordun. İnsana istemediği şeyi yaptırmak imkânsızdır. Peki ama neden sen "O"ya bu kadar bağlıydın?

***

Di,

Geçen mektubumda bir soru sormuştum. Cevap burada; seni O'dan ayıramıyorduk birbirinize hayati bir şekilde bağlıydı-

nız. Sen onsuz yapamıyordun, Neden "O"ya bağlıydın? Nedeni belki yalnız kaldığını ve senin, seni anlayanın sadece O olduğunu düşünmen, belki sevgi ve aşktan da güçlü, hatta belki nefretin gücünden de büyük bir duygu gücüydü. Ama bence sen, annemize çok bağlıydın. Annemiz öldüğünde büyük sorunlu bir dönem geçirmiştin. Kötü rüyalar, yalnızlık duygusu, ölümü kabullenememe... Seni tek anlayan bendim. Artık sadece Li ve Di vardı. İkimiz de aynı özlemi çekiyorduk. Sadece birbirimize dayanıyor ve güveniyorduk. Yemin etmiştik birbirimize "ayrılmayacağız!" diye; oysa ben... Ben seni arkandan bıçaklamıştım. İlk ilgi ve sevgi gördüğüm kollara, Kötü Yeni'nin beyaz kollarına bırakmıştım kendimi. Annemizi unutmuştum sana göre. Onu bir anda unutmuştum, Kötü Yeni'yi sevmiştim. Oysa ki sana asla annemizi unutmayacağımızı ve birbirimizden hiç ayrılmayacağımızı söylemiştim. Şimdi sen yalnız kalmıştın. İri gözlerinde hep iri gözyaşları vardı. Dünyada tek başına kaldığını hissediyordun. Yalnızdın, terk edilmiştin, arkandan vurulmuştun ve benim tarafımdan gerçekleştirilmişti bütün bu pis durumlar. Yalnızlık seni korkutuyordu ve korku seni değiştirdi... Korkuyla, güzel kalbin nefretle dolmuştu annemizin ölümünün, yalnız kalışının, terk edilişinin, arkandan bıçaklanışının öcünü almak istiyordun tüm dünyadan. Hayvanlardan, insanlardan, en büyükten bile, bildiğin her şeyden... İşte, böyle bir zamanda bu korku dolu, yalnız günlerinde tanışmıştın "O"yla, güzel bir bahar gecesi... Yemeğini yeni yemişti. İnce ve sade kalemle çizilmiş gibi yüz hatları vardı, seni anlayacak tek kişiydi. Korkularını, kendi korkuları gibi yakından tanıyacak, anlayacaktı... Bedenini, ruhunu sen kadar iyi anlayacak ve senin her milimini tanıyacaktı... Böyle bir varlıktan ayrılmak çok zor olsa gerek, haklısın. Korku dolu günlerinden seni kurtaran O sonuçta. Evet anlıyorum, "O"dan ayrılamazsın, duyguların en büyüğü nedeniyle bu, korkun... En büyük korkun yalnız kaldığın, korkulu günlerine geri dönmek olduğuna göre, "O"dan ayrılırsan o kötü günlere döneceğinden korkuyorsun ya da O seni terk ederse. İşte, bu yüzden "O"yu üzmemek ve her dediğini yapmak için bu kadar çok uğraşıyordun. Sen, O'yu kurtarıcın bildin, minnettarsın "O"ya. İşte, bu yüzden ayrılamazsın değil mi "O"dan? Çünkü kurtardı seni, korudu, sevgisini verdi... Minnettarlığın ve hayranlığın bu yüzden ve bu iki durum en güçlü üç duygudan biri bence... Belki haklı olabilirsin, seni kurtarmış olabilir. Ama hayatını da mahvetmek değil mi bu? Seni sonsuza kadar uyuşturucu bağımlısı gibi kendine bağlayan, kötü ve istemediklerini tehdit ile sana yaptırarak seni üzen ve benim seni terk etmemin cezasını çektiren sonsuza kadar sana karşı bir suçlulukla yaşayacak olmam, O'nun yarattığı kötü günlerin, kötü sonuçları değiller de neler?

Biliyor musun, ben, Kötü Yeni'ye tapardım. Onu annem öldü diye gönderilmiş bir melek sanırdım ve hep beni sevmesini isterdim. Kötü Yeni hep bizi eşit sevdiğini göstermiş olsa bile, o ilginçtir ki seni benden daha çok severdi. Sense ona bir kere bile gülümsememiştin...

***

Di,

Dün akşam, Soyut, okul defteri ile yanıma geldi. Öğretmeni onun çok güzel yazdığını ve okuduğunu söylemiş. Bana öğretmeninin defterine "Aferin kızım" yazdığını göstermek *istedi ama açtığı ilk sayfada O'nun yüzüne benzeyen bir yüz resmi gördüm... Gülen yüzler... Birden tüylerim diken diken oldu. Sayfayı şiddetle çevirdim, So anlayamadı bu davranışımın nedenini... Seni ne hale getirmişti O...*

Bir gün hep birlikte akşam yemeği yerken sen, Kötü Yeni'den sana bir tabak daha vermesini istemiştin. Sana hiç nedenini sormadan getirip önüne koymuştu. Sen o tabaktaki yemekleri parmağına sürüyordun. Kötü Yeni ise sadece seyretti. Sürmen bitince kalktı, tabağı aldı ve mutfağa gitti. Baba ise sana ne yaptığını sordu. Sen O'nun da parmağındakinin de yemek yemeğe ihtiyacı olduğunu söyledin. Baba O'nun ne olduğunu sordu, sen de hikâyeyi anlattın. Baba sinirlenmişti, böyle saçmalamamanı söylemişti. Sense ona neyin saçma olduğunu, biz nasıl yemek yiyorsak onun da yemesi gerektiğini söylemiştin. Baba daha fazla uzatmamıştı. Bu senin ve O'nun yavaş yavaş kurduğunuz krallığın habercisi olan ilk olaydı...

***

Babamdan bizi karlar arasında evleri olan kuzenimizin yanına tatil için göndermesini istemiştim. O ve ailesi bembeyaz karlar arasında oturuyordu. Onlar, bana hep kar ailesi gibi gelirdi. Kuzenimizi hatırlarsın, beline kadar uzanan artık iyice beyaz renge yaklaşmış ama sarı renkte dalgalı saçları vardı. Bembeyaz karlar gibi teni ve yeni donmuş su gibi, çok çok açık mavi gözleri vardı. Gerçekten çok güzeldi... Tanrım, onu ne kadar çok kıskanırdık. Onu birçok kez incitmek istemiştim evet belki hayatımda en utandığım şeylerden biri bu. Ben de çok kıskanıyordum ve onu incitmek için her seferinde hain planlar yapıyordum; bu planları yaparken içimi garip

bir mutluluk sarıyordu. Bu mutluluk sana bir sürpriz ya-
pıldığında veya çok özlediğin birini birden karşında görün-
ce yaşadığın mutluluğa benzemiyordu. O bu kadar saf bir
mutluluk değildi. Her seferinde hain planlar yapıyor ama
bunları bir türlü gerçekleştiremiyordum, ona olan sevgimden
dolayı bu hainlikleri yapamıyordum sanki bir koruyucu kal-
kanı varmış gibi ona hiçbir şey yapamıyordum ama ilginç
olan şey, o koruyucu kalkanı da benim sevgim oluşturuyor-
du. Zamanla tüm bunları düşünmenin başımı ağrıttığını
fark edip sıkılmıştım ve bu planlardan vazgeçmiştim. Ama
sen, sen planlarını hiçbir pürüzle karşılaştırmadan harika
bir şekilde uyguluyordun... Önce o güzel saçlarını kesmiş-
tin onun, sabah uyandığında onu karşında ağlıyor görmek
hoşuna gitmişti. İçinde bir suçluluk duymuyordun. Kendi-
ni çok beğenirdin, yaptıklarından hiç suçluluk duymazdın,
yaptıkların kötü bile olsa, karşındakinin canını acıtsa da
sen asla pişmanlık duymaz, kendini kötü hissetmez ve özür
dilemezdin çünkü yaptıklarından gurur duyardın; kötü ol-
salar bile... Kendine hayrandın... Hayatım boyunca senin
kadar kendi seven, tapan birini daha görmedim. Sonra an-
nesi gelmiş neler olduğunu sormuştu. Sense, bilmediğini ama
kuzeninin üzülmemesinin gerektiğini çünkü saçının tekrar
uzayacağını söylemiştin. Sonra da onun yanına koşup sarıl-
mıştın. Tabi herkes suçlunun ben olduğumu sanmıştı. Belki
bu durumda senden nefret etmem veya seni sonsuza kadar
unutmam gerekirdi ama seni unutmak ya da senden nefret
etmek kimsenin sandığı kadar kolay değildi. Bugüne kadar da
senden nefret edebilecek tek bir kişi bile görmedim. Kuzeni-
mize karşı kötü planlar yapmanın nedeni onun saf güzelliğini
kıskanmandı. Sen de en az onun kadar güzeldin, hatta ondan

çok daha güzeldin ama senin güzelliğin saf ve iyilik dolu bir meleğin güzelliği değildi. Seninki sarhoş edici, ilginç ve yakıcı bir güzellikti. Beni de suçlu durumuna düşürmenin nedeni ise; babamdan bizi Kar Ailesi'nin yanına göndermesini senin iznini almadan sormamdı. Böylece, sana sürpriz yapacak ve barışacaktık ama yine yanlışlıklar oldu. Sen babamın bizi Kar Ailesi'nin yanına göndereceğini öğrendiğinde odama büyük bir öfke ile girmiştin. Sinirden titriyordun. Senin bu halinden hep korkmuşumdur. Saçlarımı yakalayıp çekmiştin ve neden böyle yaptığımı sormuştun. Benim de bir Konkus olup olmadığımı sormuştun. Konkus? "O"yu elinden silip, dünyadan atmak isteyen kara dumanlara deniyor diye açıklamıştın. (Ben kesinlikle bir Konkus değildim ama o Konkuslara minnettardım, umarım biraz daha çabuk olurlar) sana bir Konkus olmadığımı, onlarla yakından ya da uzaktan bir ilişkim olmadığını söylemiştim. O zaman saçlarımı bırakıp beni sarsıp, O'nun Karlar Evi'ne gidemeyeceğini, karlara uygun giysisi olmadığını orada üşütebileceğini söylemiştin. Bana şaka yapıyormuşsun gibi gelmişti ve gülmüştüm. Sen neye güldüğümü sormuştun bende sana, aklıma bir fikir geldiğini istersen eline eldivenlerini giyebileceğini söylemiştim. Sen ise daha da çok kızmış (şimdi kıpkırmızıydın) bana, "O"yu öldürmek mi istediğimi sormuştun. Ben safça "Hayır, neden ki" diye sorduğumda sen "Eğer eldiven giydirirsem nefes alamaz ve ölür," demiştin. Yani şimdi ben yine suçlu durumuna düşmüştüm senin elindeki O'yu öldürmeye çalışarak. Hep yanlış anlıyordun beni... Kötü Yeni'nin annesi bize yün kazak hediye etmişti. Onu alırken gözlerin parlamıştı. Senin ne yapacağını anladığımdan pek ilgilenmemiştim. Ama Kötü Yeni meraklanmıştı. Sen o kazakla odana giderken peşinden *gelmiş ve senin makasla kazağı parçalara ayırdığını ve daha sonra da parçaları bantla parmağına yapıştırdığını görmüştü. Bunun nedenini o anda anladığını sanmıyorum. Ama ertesi gün arabaya binerken senin parmağına neden öyle yaptığını hâlâ merak ettiğini görünce onun kulağına, O'nun üşümemesi için yaptığını fısıldamıştın...*

***

Akşam, Kar Ailesi ve biz hep birlikte akşam yemeğimizi yerken sen birden ağlamaya başlamıştın. Kuzenimiz ve annesi sana ne olduğunu, neden ağladığını sormuştu. Sen bir türlü cevap vermiyordun. Bütün gün ağlamış akşama doğru sakinleşmiştin. Ama akşam yemeğinde tekrar ağlamaya başladığında seni neler olduğunu anlatmaya ikna etmiştik. Senin sorunun O'nun acıkmasıydı. Ben hemen koşup mutfaktan bir tabak getirip içine yemek koyup, sana uzatmıştım. Sense tekrar ağlamaya başlamıştın. Sonunda sakinleşip de onun o yemeği sevmediğini canının makarna istediğini söylemiştin. O'yu başka yemek yemeye ikna edemediğini iki gündür aç olduğunu ve eğer bir şeyler yemezse öleceğini söylemiştin. Teyzemiz de akşam yemeği bittikten sonra gidip O'ya makarna yapmıştı...

***

Kar Ailesi ile birlikte kayağa gitmiştik. -Onlara çok yakışırdı... Hepsi kar gibi beyazdı...- Biz hepimiz hazırdık. Tepeden aşağıya kaymak için seni bekliyorduk oysa sen, bir türlü gelmemiştin. Kuzenimizi seni getirmesi için yanına gönderdik ama bu sefer ikiniz birden yok oldunuz. Sonunda seni kayakları kiralayan adamla kavga ederken bulduk. Neler olduğunu sorduğumuzda, sen öfkeyle dönüp, sana, "O'ya uy-

gun boyda hiç kayak olmadığını söylediklerini oysa "O"nun da kayak yapmak istediğini söylemiştin...

Artık eve dönüyorduk. Hatırlıyor musun bizim arabamız nasıl kokuyordu? Deri kokusu ve vanilya kokusu birleşip kusturucu, berbat bir koku yayıyordu. Babam bizi almaya geldiğinde sen "sonunda" diye bağırıp arabaya koşmuştun. O zaman Kar Ailesi çok üzülmüştü. Seni çok seviyorlardı ama senin bu davranışların...

***

Gecenin bir yarısı ağlamaya başlamıştın. Odam hemen senin yanındaydı, sesini ilk ben duymuştum. Yanına gelmiştim, gözlerin kıpkırmızıydı. Korktum hemen babamın yanına koştum. Çok ağladığını anlattım o da hemen yanına gelip ne olduğunu sordu. Sen, hıçkırıklarının arasından O diyordun... "O"yu her gece tekrar inceler ve yaralı yerlerini iyileştirirdin. Ama o gece unutmuştun. Gece uyandığında onu, hafif silindiğini görünce ağlamaya başlamıştın. Hiçbir şekilde seni sakinleştirememiştik. Sürekli onun öleceğini söylüyordun. Sonunda Baba'ya yalvardın. Seni hiçbir zaman hiçbir kimseye yalvarırken görmemiştik ve eminim sen benim öleceğimi bile bilsen, yalvarmazdın. O kadar çok ağlamış o kadar çok yalvarmıştın ki sonunda herkesi "O"yu bir hastaneye götürmek konusunda ikna etmiştin. Daha önce de söylemiştim. Sen istediğini hep elde ederdin...

***

Sevgili Di,

Sadece aklıma geldiği için yazıyorum bunu. Yoksa hiçbir şeyle ilgili değil, Sen Baba'ya bazen "Kötü Baba İyi Tamir-

ci" derdin hatırlıyor musun? Ona öyle söylemenin nedeni, senin oyuncaklarını çok iyi tamir etmesiydi. Hatta sen; benim babam bozuk olan her şeyi çok güzel tamir eder. Eğer ihtiyacınız olursa, "Baba-Kız Tamircilik seve seve yardımcı olacaktır" yazan bir kâğıdı okul panosuna yapıştırmıştın. Sonraları evimize sürekli bozuk şeyler gönderiliyordu. Ve sen bunları Baba'ya veriyordun -hiçbir açıklama yapmadan- o da bunları, senin sanıp tamir ediyordu. Ama her gün on sekiz oyuncak tamir etmeye başlayınca aklı başına geldi ve küçük bir araştırma sonunda her şeyi anladı...

Not: Umarım mektuplarımla seni sıkmıyorumdur Di. Seni çok özledik. Yarın Soyut'un doğum günü, ona güzel olduğunu düşündüğüm kırmızı bir ceket aldım. Umarım sever. Sürekli seni soruyor. Ama birkaç gün önce ona ne hediye alsam hoşuna gider diye, Soyut'un ağzını ararken, o bunu fark edip bana doğum gününde seni tekrar görmek isteğini söyledi. Gelemeyeceğini biliyorum ama en azından Soyut'a bir mektup gönder seni çok özledi.
Sevgiler,
Li

***

Di,

Sen "O"yu çok severdin. Sen küçükken elindeki şey sevimli, küçük, hayal gücü gelişmiş, güzel kızın minik ve onun kadar sevimli arkadaşıydı. Oyunlarına hep O da katılırdı daha doğrusu sadece O katılırdı. "O"yu neden o kadar çok sevdiğini anlamayı deniyorum ama...

Belki O'nun senin düşündüklerinin aynısı düşünmesi, sevdiklerinin O'nun da sevdikleri olması. Belki senin isteklerine asla karşı gelmeyip, kabul etmesi. Belki seni hiç terk etmeyen, seni dinleyen, anlayan olması... Ama bu seni mahvetti...

Her zaman senin kararlarını onaylayan O, sana bu şekilde zarar verdi. Ah kardeşim, bazen tüm düşünceler onay almamalıdır. Eğer düşüncelerin kötüyse, onlara karşı çıkılmalıdır. Senin iyiliğin için. Bunu, sen çok acı anlamıştın...

***

Bir gün benim on beşinci yaş günüm için, Babam tüm aile kamp kurmamızı kararlaştırmıştı. Ben çok sevinmiştim, her zaman kamp kurmak istemiştim. Doğada maceralar çok hoşuma giderdi... Babam bize bunu söylemek için ikimizi de salona çağırmıştı. Söylediğinde sen iyi, gidin ama bana biraz para bırakın demiştin. Babam sana; "Sen de geliyorsun!" dediğinde uzun süre ona bakmıştın ve "İyi peki," deyip çantanı hazırlamak için odana gitmiştin. Sabah erkenden kalkmıştık ben büyük bir heyecanla odana girdiğimde "Oley kamp!" diye bağırdığımda sen bir elinle benim bileğimden tutup odandan dışarı sürüklemiş diğer elinle de ağzımı kapatmıştın. O uyuyordu. Dün gece başı ağrımıştı ve bugün erken kalkamazdı. "O"nun uyuması gerekliydi. "O"ya bir yatak hazırlayıp arabaya binmiştin. Kamp yerine vardığımızda sen sürekli surat asmış ve hiçbir şeyden zevk almamıştın. Oysa biz, senin bizimle gelmeyi kabul etmenden dolayı havalarda uçuyorduk...

***

Bugün Soyut'un doğum günü. Artık, okula başlayacak. Doğum günü için onun en sevdiği pastadan yapacağım. Bunu

42

bana sen öğretmiştin; çikolatalı pasta. Soyut da çikolatalı pasta için çıldırıyor senin gibi ve O gibi. Hatırlıyor musun, doğum gününde pastaya ne yapmıştın... Çikolatalı pasta tam salonun ortasında, masada duruyordu. Daha arkadaşların gelmemişti -gerçi davetli listesini sen değil, Baba hazırlamıştı- sen kimseyi istemiyordun tüm pastanın sana kalmasını istiyordun, hatta beni bile bir arkadaşımın evine göndermeye çalışmıştın oysa ben, seni doğum gününde yalnız bırakmayacağımı söyleyerek sarılmıştım, yüzün asılıp kollarımın arasından kaçmıştın. Bu yüzden Baba pastaya dokunulmayacağını söylüyordu. Ama sen yine de parmağını pasta üzerinde gezdirip, az da olsa yemiştin. Kimse bir şey anlamamıştı ta ki "O" da pasta isteyinceye kadar. Sen onun da tadabilmesi için parmağını pastaya daldırmıştın. Sonra tabi yine sen ve Baba arasında kavga çıkmış ve sen bir daha doğum günü partisi yapmamıştın. Her doğum gününde pastaneden gidip kendine çikolatalı pasta alır, karşımıza geçip O'yla yerdin...

***

Di,

Soyut okula gideceği için hiç memnun değil çünkü okula giderken oyuncaklarının hepsi evde kalacak. Hatırlıyor musun sen de ilkokula başlayacağın zaman iki kere evden kaçmış, bir kere yürüyemez taklidi yapmış ve bilmem kaç bin defa bize küsmüştün. Ben sana okulun çok güzel bir yer olduğunu nasıl birçok arkadaş edineceğini senin ablan olarak anlatıyordum. Sonra sen birden bana dönüp;

"Orada çok mu çocuk var?" diye sormuştun, bense -senin hoşuna gittiğini sanıp- "Elbette, çok fazla iyi, güzel, akıllı

43

çocuk var orda," diye cevaplamıştım. Sen "O"ya bakıp ağlamaya başlamıştın. "O"yu kaybetmek istemediğini, başka bir arkadaş istemediğini ve "O"nun da yeni bir arkadaş bulmasını istemediği söyleyip bana, "Beni oraya gönderemezsin, pis Konkus!" diye bağırmıştın. Sen her ne kadar isyancı ve inatçı biri olsan da bazı şeylere senin bile gücün yetmiyordu. Mesela okula mutlaka gidecektin hiçbir kaçışın yoktu. Senin okuldan kaçmaman için de Baba ilk günler seni elinden tutarak oturduğun sırana kadar götürüyor ve tüm gün okulun bahçesinden ayrılmıyordu. Okuldan eve dönerken de seni yine sınıfından alıyor ve elinden sıkı sıkı tutarak yine eve getiriyordu. Sonunda bir gün kalkıp Kötü Yeni'nin yanına gitmiş ve ona, Baba'ya artık seni rahat bırakmasını söylemesini emretmiştin. İşe yaramıştı. Baba artık seni takip etmiyordu.

***

Di,

İlk âşık olduğun zamanı hatırlıyor musun? Odamın kapısı kendinden emin olmayan yumruklarla çalınıyordu. Kapıyı açtım. Sen karşımda beyaz geceliğinle duruyordun. Yüzün bembeyazdı, acı çeken bir ifaden vardı. Gözlerin şişti. Elinden tutup içeri çektim. Yatağa yığılıp ağlamaya başladın. Ne yapacağımı bilemiyordum Di. Karşımda ağlayan minik bir kız vardı ve ben, seni daha önce -bebekliğin dışında- bu kadar içten ve acıyla ağlarken görmemiştim... Sadece; "Di..." diyebilmiştim. "Li..." deyip bana sarılmıştın. Gözyaşların omuzumu ıslatıyordu. Yüzün sırılsıklam, kirpiklerin birbirine yapışmıştı. Ağzın geriliyor tek çizgi halini alıyor, her hıçkırışında midene yumruk yiyormuş gibi ikiye kıvrılıyor-

44

dun... Senin sakinleşmeni bekliyordum konuşmak için. Sonunda saçlarını hızlı bir hareketle yüzünden çekip, hızlıca ve bastırarak gözyaşlarını silmiştin ve ben neler olduğunu sorabilmiştim... Problem O olabilirdi...

"Hayır Li, O değil, onu odada bıraktım. Yanımıza çağırmadım senden sadece kalem almaya geldiğimi söyledim. Zaten çok az vaktimiz var yoksa anlar," demiş ve gözlerinden akan iki damlayı da silmiştin.

"Peki, sorun ne Di, küçük kardeşim?" "Ben..." tekrar ağlamaya başlamıştın ama bu sefer daha öncekinden farklı, sesli ağlamıyor, daha çok nefes alamıyormuşsun hissi veriyordu. Sana su getirmek için mutfağa gitmiştim. Soğuk mermerin üzerinde yalın ayak yürürken tüylerim diken diken oluyordu. Olabildiğim kadar hızlı, odaya yanına geldim. Aklımda bir sürü teori üretmiştim. *"Al Di"* diyerek su dolu bardağı sana uzatmıştım. Sen hızlıca suyu içip yanına gelmem için işaret etmiştin. *"Li, çok büyük bir problemim var,"* diye fısıldamıştın. *"Neden fısıldıyorsun Di, Babamlar yattı. Bizi duymazlar."* Sen ise nasıl bu kadar dikkatsiz olduğumu anlayamamış ama yine de kızmamış -zaman yoktu- bana hızlıca açıklamıştın. *"O daha yatmadı ve ben daha odama dönmediğim için merak edip bizi dinliyor ya da izliyor olabilir,"* diye kulağıma fısıldamış ve kapıyı kontrol etmiştin. *"O"nun yakınlarda olmadığından emin olunca da yanıma oturup sessizce anlatmaya başlamıştın derdini. "Li, hani bizim okulda bir oğlan var, hatırlıyor musun? Çok iyi. Devamını getirmemiştin çünkü dışarıdan sesler gelmişti ama o seslerin bizim minik kediye ait olduğunu öğrendiğinde rahat bir nefes almış ve anlatmaya devam etmiştin. "Şey..."* Yüzün

kıpkırmızıydı, dudaklarını kemiriyordun. Yüzünü öne eğmiştin. Sonra bana bakıp sesini biraz daha alçaltarak "Şey, ben onu çok seviyorum Li"

"Di... Demek benim küçük kız kardeşim âşıktı. Çok güzel, neden üzülüyorsun?"

"Anlayamıyor musun ben onu çok seviyorum ama O bunu duyarsa beni sonsuza kadar terk eder. Sizinle konuşmamdan bile hoşlanmıyor. Şimdi odada ateşi çıkmıştır bile, ben yanında yokum ya öksürmeye başlamıştır. Of Li, hemen yanına gitmem gerek... Li, ne yapacağım. Ben ...'yı çok seviyorum ama ya "O", "O"yu terk etmeyeceğime "O"dan daha fazla kimseyi sevmeyeceğime yemin ettim. Şimdi Li, O bunları duyup da beni terk eder ya da hasta olursa. O hep derdi ki başkasını benden çok sevdiğin ve başkası tarafından daha çok sevildiğini düşündüğün an ben yok olurum, yaşayamam, unutulurum. Li, ben ne yapacağım!"

"Di, sen ...'i sevmiyor musun, eğer O da seni seviyorsa bu durumu emin ol ki anlayışla karşılar." "Li, evet haklısın ama, "O"nun hafif bir üzüntü duymasına bile dayanamam ben, o benim ona bağlılığım kadar güçlü, onu sadece küçük bir an aklımdan çıkartıp ona dikkat etmezsem yok olur O çok hassas ve..." Sesin titriyordu, uzun parmaklarınla geceliğinin eteklerini kıvırıyordun.

"Di, ...'i seviyorsan eğer, emin ol ki O rahatsız olmaz, üzülmez. ...'e âşıksan, O senin adına çok sevinecek." "Sorunlardan biri de bu ben ...'e âşık mıyım bilmiyorum. Bu duyguyu tanımıyorum. İlginç çünkü ben daha önce ona karşı hiç böyle bir duygu yaşamadım." Burada "O"ya aşktan sevgiden de yüksek bir duyguyla bağlı olduğunu sandığın için, ...'e duyduğu

duygunun aşk olmadığını sanıyorsun. "…'e farklı bir duygu duyuyorum onu gördüğümde dizlerim vücudumu taşımıyor, başım dönüyor, kanım damarlarımı yakıyor. İlginç bir şey bu Li… Ama ben, "O"yu görünce bunları yaşamıyorum başka bir duygu yaşıyorum. Kalp atışım hızlanıyor, ellerim titriyor Li, ben anlayamıyorum…" "Di sen …'i seviyorsun…"

"Li, benim gitmem gerekiyor. Öksürüyor of! "O"yu hiç bu kadar uzun yalnız bırakmamıştım, "O"ya bir şey olmasa bari, hastalanmasa. Sonra tekrar konuşabiliriz değil mi Li? Öksürüğü daha da arttı. Ateşi de çıkmıştır. Hoşça kal, iyi geceler Li" diyerek yanağımdan öpüp kapıdan sessizce çıkmıştın. Sen odana girdikten sonra öksürük sesi kesilmişti. O sana kavuşmuştu ya… Sen gittikten sonra uyuyamadım. Aklımda hep sen vardın. …'i seviyordun hiç kuşku yoktu ama sen bunu bilmekten korkuyordun. O anda aklıma seni ondan koparabileceğim geldi, …'e umut bağlamıştım, onun sayesinde "O"dan uzaklaşacaktın. Ama hiç düşünmediğim bir şey vardı. Sen, bana …'i sevdiğini söylemiştin onun seni sevdiğinden hiç bahsetmemiştin. Bunlar aklımı kurcalıyordu ama tüm günün yorgunluğuna karşı gelemedim ve tatlı uyku… Sabah nasılsa okulda öğrenecektim her şeyi… Ertesi sabah, okulda sizi birbirinize gizli gizli bakarken yakalayınca içim rahatlamıştı. Seni "O"dan kurtarabilirdim…

Not: *Geçen hafta Kötü Yeni'nin akrabasındaydık senin kaldığın evin yanındaki evde. Ama sana bir şey söyleyemedik. Sadece akşam yemeğini yemek için geldiğinde, seni uzaktan izledik. Biz saklandık ama babamı saklanmaya ikna etmek çok zor oldu. Seni görmek için çıldırıyor. Ne de olsa iki yıldır seni görmedi ve çocukluktan genç kızlığa geçmiş "Di"yi görmek istedi… Seni çok özledik, hep senin odana bakıyorum. Ve ne zaman perdenin üzerinde senin güzel siluetini görsem heyecanlanıyorum… Seni* *özledim küçük kardeşim, Di... Sana birkaç giysi bıraktık. Artık, kaldığın evin kirasını ödemeyeceğiz çünkü o evi Kötü Yeni satın aldı.*

***

Di,

Seni "O"dan .... sayesinde kurtarma planım çok kötü bir şekilde bozulmuştu. Bütün bir sene uğraştım. Artık tam olarak emindim, "O"yu kalbindeki tahtından indirecektim. Son günleri sayıyordum ama... Bir gün okuldan eve yürüyorduk. Artık, sende erken dönmeye başlamıştın dışarısı çok soğuk, gök delinmişçesine yağmur hiç acımadan üzerimize yağıyordu, yürüyorduk eve yaklaşınca yavaşlamıştın. Sabah tüm maviliği ve ipek gibi gülümsemesiyle gök bize bakarken, şimdi öfkesini gri damlalarla üzerimize akıtıyordu. Sabahki haline güvenip bizi koruyacak bir şemsiye almamıştım. Sabah o kadar mutluydu ki yağmur yağacağını hiç sanmazdım. Gök ve seni çok benzetiyorum. İkinizin de ne yapacağını kestirmek mümkün değil. Ve ben hiçbir zaman şemsiye almıyorum yanıma; öfkenizden koruyacak. Hep ıslanıyorum ama yine de akıllanmıyorum... Yine şemsiyesizim, ıslanıyorum...

Tüm yol boyunca bir şey söyleyecek gibi duruyordun, yüzüme bakıp, ağzını açıp tam bir şey söyleyecekken vazgeçip, gülümseyip yüzünü yere eğiyordun. Artık, evin önüne gelmiştik. Sen beni kolumdan tutup geri çektin. Birden cesaretlenmiş olmalıydın.

"Sana bir şey söyleyeceğim Li."

"Hı?"

"... şey beni öptü."

Evet, işte olmuştu; ben, Konkus kazanmıştım. "O"yu yen-miştim... O hâlâ gülebilecek mi bana bakıp...

"Vay, vay..."

"Of Li..." Yüzün kızarmıştı. Sonunda "O"dan kurtulacak-tım. Evet, bu benim kazanmamı garantilemişti.

"Li, yalnız benim bir sorunum var. O öptüğünde hissettik-lerim, sıcaklık ilginç bir duyguydu ama ben "O"nun öpüşle-rinde hiç bu duyguları yaşamamıştım. Acaba ben ...'e âşık değil miyim? Âşık olsam "O"ya duyduklarımın aynısını duy-mam gerekirdi değil mi?

"Di, sen "O"ya âşık olduğundan emin misin? Yani demek istediğim belki de .....'e âşıksın da "O"ya değilsindir. Bu da zaten her şeyi açıklamaz mı?" Yüzün düşünceli bir ifade almıştı gökyüzüne bakarak, "Neyse eve girsem iyi olacak, yoksa hasta olacağım..." 'Girsem', 'hastalanacağım' birinci tekil kişi... Sadece sen, ben değil, biz değil. Burada söyle-diklerinden; "Ben içeri giriyorum, hasta olmamak için sen kalabilirsin hasta olabilirsin, pek umurumda olmaz," an-lamı çıkmasına rağmen üzüldüğümü belli etmemiş seninle birlikte eve girmiştim. Dışarıda fırtına vardı. Elektrikler bir anda gitti. Kötü Yeni ve Baba daha gelmemişti. Senin koşup yanıma geleceğini sanmıştım -karanlıktan bir hayalet, ceset ya da akla gelebilecek en kötü yaratıklardan korktuğundan çok daha fazla korkardın- ama sen gelmemiştin. Birkaç kere sana seslenmiştim. Ama cevap alamamıştım. Evde yalnız ol-duğum hissine kapılmıştım. Etrafa tutunarak senin odana kadar ilerlemiştim. Elim soğuk duvarda kayarak, bir yerlere çarpmadan sana ulaşmıştım. Odanın beyaz kapısını itip aç-

tığımda, seni yatağının üzerinde çıplak otururken buldum. Sana seslendim. Hiç cevap vermedin, yüzüme bile bakmadın. Sadece parmağın ağzında gözlerin kapalı, parmağını emiyordun... Daha önce de böyle garip durumlarla karşılaşmıştım. Ama hem evde yalnızsak ve de elektrik yoksa bu durum ister istemez korkunç bir hal alıyordu.

"Di, lütfen üzerine bir şey giyer misin!"

"Neden utanıyor musun Li." Ses tonun o kadar ilginçti ki hem boğuk boğuk hem de heyecanlıydı.

"Hayır Di, üşümemen için."

"Tamam, dolabımdan geceliğimi verir misin lütfen?" Sana beyaz geceliğini uzattım. Çabucak giydin. Sonra tekrar öylece oturup gözlerini kapayıp, işaret parmağını emmeye devam ettin. "O"yu deli gibi öpüyordun. Özür dilercesine... Bir süre seni seyrettikten sonra "O"yu yavaşça senden uzaklaştırmıştım. ""O"" mosmordu senin öpüşlerin "O"yu hasta etmişti büyük ihtimal. O kadar kuvvetli öpüyordun ki. Açlıktan yeni çıkmış karşısında lezzetli bir sofra bulup da saldırmış gibi. Sen de bitkindin.

"Neden böyle bir şey yaptın Di?"

"Öpüşlerinden ne hissedeceğimi görmek için."

"Neden?"

"Sorularını yanıtlamak zorunda olmadığımı biliyorsun değil mi?"

"Elbette."

"Ama yine de cevaplayacağım."

"Çok teşekkür ederim Di."

"…'i gerçekten sevip sevmediğimi anlayabilmek için elbette abla. Nasıl duygular hissedeceğimi anlayabilmek için. Eğer "O"dan hissettiğim duygu ve …'den hissettiğim duygu aynıysa …'i sevdiğimden emin olacağım."

"Ama parmağına zarar veriyorsun. Büzüşmüş ve morarmış."

"Sevgimden. Bir varlığın ona karşı duyulan sevgiden zarar görmesi ilginç ve bir o kadar da çekici, hoş…"

"Di dışarıda bir şimşek çakmıştı. Eee? Ne hissettin peki?"

"İçimdeki tüm korkuları yok eden bir sıcaklık Li. O sıcak kan ağzımdan boğazıma doğru akarken, duyduğum koku…"

"Kan mı, ne kanı?"

"Küçük, ince iğneyle deldim parmağımı ve böylece "O"nun içine de girmiş oldum. "O"yu tamamen kendime bağladım. "O"nun parçalarını içimde saklayacağım ve ben yaşadıkça "O"nun sıcak tatlı kanı vücudumda dolaşacak ve böylece beni asla terk edemeyecek. Çünkü bana bağlı olacak." Bunu yapma nedenini anında anlamıştım. Sen …'e gerçekten âşık olmuştun ve bunu "O"nun yüzüne söyleyecek cesareti bulmuştun. O ise seni terk edeceğini söylemişti. Sen yalnızlıktan korkuyordun. Tekrar yalnız kalmaktan. O anda ilk aklına "O"yu sana bağlamak gelmişti. İlk anda gelen cesaret yalnız kalacağın korkusuna kapılmanla yok olmuştu. Şimdi O ve sen, daha da bağlıydınız… "O"nun parçası sende, senin bir parçan da ondaydı. Ve sen o kadar ürkmüştün ki …'i unutmuştun bile…

"Peki, aynı duygu mu?"

"Ah, hayır birbirlerinden çok farklılar. Sanırım ben ... 'i sevmiyorum. Hatta eminim. İçim rahatladı onu sevdiğimden o kadar korkmuştum ki..."

"Peki ya şimdi?"

"Şimdi Li, hiçbir şey olmamış gibi devam edeceğim."

"... 'i sevmediğinden eminsin yani?"

"Evet Li."

"Yarın okulda bunu ... 'e söyleyecek misin?"

"Yo, benim için o kadar önemli değilmiş ki o. Söylemesem de olur. Neyse artık içim çok rahat..." Sen kendini kandırıyordun Di. Şaşkındım, bir insan kendini bu kadar mı iyi kandırabilir, yalanına bu kadar mı inandırabilir. Kandıran sen... Kanan sen... Konuyu değiştirmek için; "Karanlıktan korkmuyor musun? Ben çok korktuğunu hatırlıyorum," diye sormuştum. Gözbebeklerin büyümüştü. Çevrene bakıp, titremiştin. Karanlık... Elektriklerin gittiğini daha yeni fark ediyordun.

"Neden karanlıktan korkuyorsun?"

"Haydi!"

"Li, karanlık benim kendimi "O"nun varlığında bile yalnız hissettiğim yer. Sesin titrek ve boğuk çıkıyordu."

"Senin, şu yalnızlık sorunun!" Arkanı dönmüştün. "O"nun kırmızısını dişlerinin küçük oyuklarına dolduruyordun.

"Oysa ben karanlıktan hiç korkmam."

"Aslında... Evet, karanlık, yalnızlık. Yalnızlık işte adı üzerinde... Yalnızsın senden başkası yok. Sana zarar verecek, seni korkutacak hiçbir şey yok. Kendin kendine zarar verebilir mi? Korkmak gereksiz."

"O yanımda olmasa belki... Ama en büyük korkun yalnızlıksa... Yalnız sayılmazsın aslında karanlıkta. İnsanların arasındayken saklanan, açığa çıkmayan tüm kötü, karanlık, kirli düşünceler, hayaller hepsi utanmadan karanlıkta, sen yalnız olduğunda çevreni sarar. Utanmaz, korkmazlar onlar. Ama O, onları... Kovabiliyor..."

Evet Li, elektrikler gelmişti. Aşk hikâyesi mutlu sonla bitmemişti. Bu durumdan öğrendiğim; aşk ve sevgi aslında ne kadar büyük olursa olsun, insan hep bencil; sen ...'yı ne kadar çok sevsen de yalnızlık korkun ağır basmıştı. Sen, senin olanı paylaşamazdın ne "O"yu, ne sevgini, ne nefretini ne de aşkını... Bencillik işte; aşk iki kişilik...

***

Okulda ...'dan kaçıyor, gösterebildiğin en kötü yüzünü ona gösteriyordun. Seni sevmesini bir güçsüzlük görüyor, sana bakmasından, güzelliğini seyretmesinden rahatsız oluyordun. Aylarca o sana sevgiyle bakan gözlerini, sen ise ona içinde küçük bir sevgi, aşk ve özür pırıltısı olan öfkeli bakışlarını veriyordun. O pırıltıları görmek çok zordu .... da görememişti. Bu aşk planı tam benim umduğum gibi olmasa da en azından bir işe yaramıştı. Senin kalbin her ne kadar "O"ya ait olsa da içinde saklanmış bir .... sevgisi vardı ki bu da senin "O" ile eskisi kadar yakın olmanızı

53

engelliyordu. Çok umutluydum, "O"dan kurtulacağız diye ama bir gün...

Eve gelirken çok sessizdin ama bu rahatsız edici bir sessizlikti. Evin kapısından içeri girer girmez saçlarımı çekmeye başlamıştın, yanaklarımı sıkıyordun. Önce şaşkınlıktan ne yapacağımı bilememiştim ama sonra yüzüme gelen yumrukları engellemek için bileklerini kavradım. Direndin, direndin... Büyücülerin asalarından çıkan mavi ve kırmızı ışığın düelloda eşitlenip dengede kalması gibi. Direndin, direndin... Ama sonra, söndün... Ellerindeki güç yok oldu, bileklerini bıraktım o anda "Pis Konkus!" diyerek odana koştun. Odandan bağırarak anlattıklarına göre okulda ...'i başka bir kıza sevgisini verirken görmüştün... "O"dan başkasına güvenilmeyeceğini onun da diğer insanlar, diğer Konkuslar gibi olduğunu tüm gücünle bağırıyordun. Umutlarım boşaydı, bu aşk hikâyesi hiç mutlu bitmemişti. Seni "O"dan uzaklaştıracağına daha da yaklaşmış "O"dan başkasına güvenmemen gerektiğini düşündürtmüştü... Sabah kahvaltı ederken, "O"yu senin hemen yanında, bana gülerken -dalga geçiyordu- zaferle gülerken hatırlıyorum...

***

Senden ne kadar korktuğumu biliyor muydun?

Senin beni her çağırışında her yanıma gelişinde ilk yaptığım hareket saçlarımı toplamak olurdu. Sanırım bunun nedeni senin sinirlenince saçlarıma yapışıp, onları çekiştirmendi.

Ellerim titrerdi. Benim yanıma geldiğinde hemen ayağa

kalkar neler yapacağını merakla ama daha çok korkuyla beklerdim. Sen bana seslendiğinde ya da yanıma geldiğinde midemde küçük, tüylü, beyaz tavşanlar koşturmaya başlar, kalbimde kuşlar kanat çırpar, beynimde amazonlar koşturur, ellerim üşür, kulaklarım kızarır, dudaklarım gerilir ve tüm vücudumda, kırmızı kanımda, mavi pullu küçücük parlak, hızlı balıklar yüzerdi... Midemdeki tavşanların hareketlerini hissederdim. O sıcak, minik vücutları midemde dolaşır onların kokusunu boğazımda hissederdim... Kalbimdeki kuşları, tüylü kanatlarını kalbimdeki kanla tüylerinin şiştiğini, kabardığını hisseder, kalbim ağırlaşırdı... Kanımı tuzlu okyanus sanmış minik, mavi, hızlı balıkların ağızlarından çıkan baloncukların derime deyip, derime yapışıp kaldığını, balıkların kuyruklarının her hareketinde oluşan titreşimlerin damarlarımda yankılandığını, balıkların pullarının derime değdikçe tüylerimin diken diken olduğunu hissederdim... Hiç anlayabildin mi bilmiyorum?

Senden bu kadar korkmama karşın, hep senin yanında bulunmak isterdim... Neden bilmiyorum... Belki senin yanındayken içimde bir sıcaklık oluşması ve bu sıcaklığın çok hoşuma gitmesi? Belki sana tapıyor olmam? Kim bilir...

Yalnız olduğundan yakınırdın, ama bunun nedeni yine sendin. Sen ...'e onu sevmediğini anlatacak, hatta nefret ettiğini gösterecek tüm kötülükleri yapmıştın... Ne bekliyordun ki yine de seni sevmesini mi? Hata sende Di, sen sevilmeye hiç izin vermedin. İnsanların seni sevmesine, yaklaşmasına izin vermedin. Sen hep incecik, küçük, narin, pürüzsüz bir inci gibi oldun. Sana yaklaşan, dokunan insanların senin üzerinde yağlı, pis lekeler bırakacağı en büyük korkusu haline gelmiş, beyazlığı neredeyse renksizliğe, siyaha kaymış küçük inci. Belki budur! Senin ruhunun beyazlığı o kadar beyazdır ki renksizliğe yani tüm renklerin yok olduğu siyaha kaymış, esir olmuştur. Şimdi de Di, insanların ne kadar kötü, güvenilmez, karanlık olduklarından, etrafa yalnızlık kadar korkutucu, soğuk duygular yaydıklarından bahsedip bizi terk ettin. Görevini biliyorum. "O"nun sana verdiği o görevi biliyorum. Ama bunu yapamayacağından eminim... Ne olursa olsun. O sendin aslında... Korktuğun düşüncelerini O dile getiriyordu. Düşünmekten bile ürktüğün karanlık ve kötü düşüncelerini hep O açıklıyordu. O, senin istediğin de istemekten ve sahip olmaktan korktuklarındı, senin Di olarak sahip olmaktan, yapmaktan korktuklarındı... Ve sen "O"ya bu yüzden bağlıydın... Kötü duygular sana çok çekici geliyordu ama korkuyordun Di. O sana bunları sunuyordu... Kötülükler her zaman bizim en zayıf noktalarımız ile beslenir. O da senin en zayıf noktanı bulmuştu. Yalnızlık korkun Di... Yalnızlık sende saplantıydı Di. O da bunu fark etmişti. İlk başlarda O ve sen çok masumdunuz. O, sadece bir oyun arkadaşıydı ama sonraları aranızdaki ilişki büyüdü ve insanların suya, yiyeceğe ihtiyaçları, bağımlılığı gibi bir bağımlılığa dönüştü -insanlara bağlılık çok eskiden gelen bir şeydir, insanlar yalnız olamaz, bu yüzden toplum var- ve senin en büyük parçan oldu... "O"yu senden ayırmak ikinizi de yok ederdi... Ancak bunu sen yapabilirsin...

O"dan kurtul Di... Söz veriyorum, asla yalnız kalmayacaksın...

Son Mektup...

Di,

*"O"nun dışında kimseye güvenmemen gerektiğini düşünü-
yordun. İnsanlara hep önyargıyla yaklaşıyordun, tüm insan-
lar hakkında aynı kötü düşüncelere sahiptin. Pis Konkuslar...
Kendinde hiç kusur aramıyordun Di. Ama Konkuslar kadar
en az senin de suçun vardı olanlarda, tüm suçu başkalarına
yüklemek kolay olabilir, şimdi söyleyeceklerim de seni çok kız-
dırabilir ama ilk kez sana karşı ve "O"ya karşı düşündükle-
rimi senden korkmadan... Di, senin sana kendi gerçeklerini
söyleyecek kendi parçandan çok başkasına ihtiyacın var ve
bu şu anda benim. Tüm yaptıklarının, insanlara kötü dav-
ranmanın, "O"ya bu kadar bağlı olmanın tek bir nedeni var
bence; kendin yani kendine olan hayranlığın. Senin kendine
olan hayranlığın yalnız kaldığında ortaya çıktı. Çocukken
öyle değildin çünkü seni hiç yalnız, zararlı kendinle yalnız
bırakmamıştık. Ama sen ne zaman ki kendinle yalnız kal-
dın, kendinle tanıştın, kendinle arkadaş oldun... Kendinle
zaman geçirdikçe "O"yu daha da çok sevmeye başlıyordun, O
seninle aynıydı çünkü o sendin... Her şeyiniz aynıydı ve sen
kendine tapıyordun... Öyle bir an geldi ki o muhteşem güzel-
liği zekâyı herkese gösterebilmek için yanıp tutuşuyordun...
Sonunda da "O"ya bağlıydın çünkü O, sendin... Sen "O"ya
tapıyordun. İnsan kendine bağlıdır ve kabul etmeyenler olsa
da en çok kendini sever. Bir gün gelip bana çocuğun olursa
onu sana çok bağlı olacak şekilde yetiştireceğini anlatmıştın.
Ben sana bunun çocuğunun kötülüğüne olacağını söyleyince*

öfkelenip yine benim saçlarıma sarılmıştın. Ah Di, kendini ne kadar da çok seviyordun; kendine, "O"ya taptığın yetmiyor daha çok kişinin sana bağlı olmasını istiyordun ama aynı zamanda sana bağlı insanları -benim gibi- üzüyor, sana bağlandıkları için küçümsüyordun. O sana bağlı değildi -sen öyle düşünüyordun ama emin ol ki tam tersi- belki de bu seni "O"ya çeken kuvvetti! Di, çok karışık; "O"ya ürkütücü bir şekilde bağlıydın ama "O" sana bağlı değildi ama ikisi de senin bir parçan olduğuna göre hem kendine bağlı hem de değildin! Kendini çok beğeniyordun-sen farkında değildin- "O" da sendin ve sen "O"ya her bakışında, seninle aynı şeyleri düşünen birini buluyordun, aynı duyguları paylaşan... Düşünmekten korktuğun kötülükleri "O"ya danışınca, O seninle aynı fikirde olduğunu ve bu hissettiklerinin çok doğru olduğunu söylüyordu -söyletiyordun- ve sen de mutlu oluyordun. O korkunç fikirlerin suçunu "O"ya yükleyip, kendini uzaklaştırarak vicdanını rahat tutuyordun. Ama kendi kendini aldatmış olmanın verdiği kötü, yoğun, karanlık, yapışkan baş ağrısı çekiyordun.

Di, Li'yle görüşür, ona; Li'nin son mektubunu da okuduktan sonra yaşadıklarını, hissettiklerini anlatır...

Di,

Son mektuptan sonra, kendimi çok garip hissettim... Sanki bir kümes dolusu kuş yutmuşum da -canlı, canlı- onların küçük kanatları tam kalbimin kenarında çırpınıyor, o hızlı kafa döndürüşlerini yapışlarında nefes boruma çarpıyorlar gibi... Sonra

lavobaya koştuğumu hatırlıyorum Li. Sıcak suyu açtığımı da...
Sıcak suyla yıkandığımı da... Ama sonra her yerin karardığını,
yerin ayaklarımın altından kaydığını ve düşmemek için sıkıca
mermere tutunduğumu... Her yer simsiyahtı Li, korkuyordum,
artık tuvalette değildim ve üzerimde de beyaz, askılı geceliğim ne
de terliklerim vardı, çıplak bir vücut giymişim. Ayakta duruyor-
dum ve bulunduğum yer çok soğuktu, üşüyordum... Gökyüzüne
bakmak istedim -içimden gelen bir hareket, otomatik, nerede ol-
duğumu anlamak için- ama yukarıda o mavi bulutlu ya da siyah
gümüş yıldızlı gökyüzünü bulamadım. Tersine gökyüzünde yeşil
çimenler, güzel papatyalar, çakıl taşları, sarkıt gibi ağaçlar ve üze-
rinden mavi buharlar çıkan bir nehir; nehir belli bir yöne akıyor
ama suyu benim kahverengi, ceviz kokulu saçlarıma -sanki suyu,
kafa derimden içeriye girip, saç köklerime can veriyor, onları bes-
liyor- oradan da omuzlarıma kayıyor... Su çok sıcak, yakıyor ama
o soğuk yerde bu hoşuma gidiyor. O kadar sıcak ki tanımadığım
bir sıcak; sanki çok soğuk o yüzden yakıyor...

Çevreme bakıyorum, her yerde ıslanmış kendimi görüyo-
rum, aynalardan... Ayaklarımın altında ne olduğuna bakıyo-
rum, siyah, yıldızlı, galaksiler çok çekici, hiç görmediğim bir
gökyüzü, başka bir evrenin bambaşka gökyüzü -yeryüzü- acaba
ben mi baş aşağı duruyorum? Aynadan bana bakan kendileri-
mi denemek için -benim rolümü nasıl oynadıklarını sınamak
için- burnuma dokunup; "Sen kimsin?" diyorum. Onlar da aynı
anda, aynı soruyu soruyor... Onlardan önce yanıtlamak istiyo-
rum sorumu; "Sen, bensin" ama ne bir an önce ne bir an sonra
yanıtlıyorum onlardan. Aynı anda... Kendimi onlardan kıskanı-
yorum, nasıl benimle aynı anda konuşur, aynı şeyleri düşünür.
Sinirlenip onlara; "Ben gerçeğim, siz değil, siz yansımasınız!"
diye bağırıyorum ama onlar da aynı anda aynı şeyleri bana bağı-

rıyor. Bir an korkuyorum ve "acaba o doğru mu söylüyor acaba ben miyim yansıma," diye düşünüyorum. Belki ben karşımdakinin yansımasıyım... Korkuyorum...

Birden bana, ona doğru koşuyorum. Vücutlarımız, giysimiz, yüzümüz aynı, ikiz gibiyiz... O mu benim, yoksa ben mi oyum anlayamıyorum... Sonra bizi uzaktan sanki bir film izler gibi izliyorum. Hangimiz Di, hangimiz O, ben kimim bilmeden... Birbirimize hırsla sarılıyoruz; büyük bir sevgi, karşısındakini yemek ister gibi, onu saklamak ister gibi, sevgiyle karışmış ama öfkeyle, canını acıtırcasına. Ama karşımdakinin canını acıtmak, beni üzüyor, paramparça ediyor, onun canı acıdıkça benimki de acıyor. Ama ona sıkıca sarılmadan, acıtırcasına öpmeden kendimi alıkoyamıyorum... Aniden öpüşlerini kesiyor, kollarımın arasında bitkin... Ayakta zorlukla duruyor, sanki kendini öldürecek olmaktan utanç duyar gibi... Sonra ben de duruyorum, artık onunla devam edemeyeceğimi anlıyorum... İkimiz de ağlıyoruz birbirimize sarılırken...

Di, Li'yle görüşür, ona; Li'nin son mektubunu da okuduktan sonra yaşadıklarını, hissettiklerini anlatır...

O,

Son mektuptan sonra, kendimi çok garip hissettim... Sanki bir kümes dolusu kuş yutmuşum da -canlı, canlı- onların küçük kanatları tam kalbimin kenarında çırpınıyor, o hızlı kafa döndürüşlerini yapışlarında nefes boruma çarpıyorlar gibi... Sonra lavaboya koştuğumu hatırlıyorum Li. Sıcak suyu açtığımı da... O'yu o sıcak suyun altına soktuğumu da hatırlıyorum. Ama sonra her yerin karardığını, yerin ayaklarımın altından kaydığını ve düşmemek için sıkıca mermere tutunduğumu... Her yer simsiyahtı Li, korkuyordum, artık tuvalette değildim ve üzerimde de beyaz, askılı geceliğim ne de terliklerim yoktu, çıplak bir vücut giymişim. Ayakta duruyordum ve bulunduğum yer çok soğuktu, üşüyordum... Gökyüzüne bakmak istedim -içimden gelen bir hareket, otomatik, nerede olduğumu anlamak içinama yukarıda o mavi bulutlu ya da siyah gümüş yıldızlı gökyüzünü bulamadım. Tersine gökyüzünde yeşil çimenler, güzel papatyalar, çakıl taşları, sarkıt gibi ağaçlar ve üzerinden mavi buharlar çıkan bir nehir, nehir belli bir yöne akıyor ama suyu benim kahverengi, ceviz kokulu saçlarıma -sanki suyu, kafa derimden içeriye girip, saç köklerime can veriyor, onları besliyororadan da omuzlarıma kayıyor... Su çok sıcak, yakıyor ama o soğuk yerde bu hoşuma gidiyor. O kadar sıcak ki, tanımadığım bir sıcak; sanki çok soğuk o yüzden yakıyor...

Çevreme bakıyorum, her yerde ıslanmış kendimi görüyorum, aynalardan... Ayaklarımın altında ne olduğuna bakıyorum, siyah, yıldızlı, galaksiler çok çekici, hiç görmediğim bir gökyüzü, başka bir evrenin bambaşka gökyüzü -yeryüzü- acaba ben mi baş aşağı duruyorum? Aynadan bana bakan kendilerimi denemek için -benim rolümü nasıl oynadıklarını sınamak için- burnuma dokunup; "Sen kimsin?" diyorum. Onlar da aynı anda, aynı soruyu soruyor... Onlardan önce yanıtlamak istiyorum sorumu; "Sen, bensin" ama ne bir an önce ne bir an sonra yanıtlıyorum onlardan. Aynı anda... Onları kıskanıyorum, nasıl benimle aynı anda konuşur, aynı şeyleri düşünür. Oysa Di benim, onlar Di'nin yansımaları sadece. Yaşayan benim, düşünen benim. Onlar ise sadece benim sayemde hareket edebiliyor, konuşabiliyorlar. Ama yine de kendimi kıskanıyorum.

Sinirlenip onlara "Ben gerçeğim, siz değil. Siz yansımasınız!"

diye bağırıyorum. Ama onlar da aynı anda aynı şeyleri bana bağırıyorlar. Bir an korkuyorum ve "Acaba O doğru mu söylüyor, acaba ben miyim yansıma?" diye düşünüyorum. Belki ben karşımdakinin yansımasıyım... Korkuyorum...

Birden bana doğru koşan O'yu görüyorum. Vücutlarımız, giysimiz, yüzümüz aynı, ikiz gibiyiz – ikiz de değil, aynıyız-... O mu benim, yoksa ben mi O'yum. Anlayamıyorum... Sonra bizi uzaktan sanki bir film izler gibi izliyorum. Hangimiz Di, hangimiz O, ben kimim bilmeden...

Birbirinin aynı iki kişi birbirine hırsla sarılıyor; büyük bir sevgi, karşısındakini yemek ister gibi, onu saklamak ister gibi, sevgiyle karışmış ama öfkeyle, canını acıtırcasına. Ama karşısındakinin canını acıtmak, onları üzüyor, paramparça ediyor, ama birbirlerine sıkıca sarılmadan, acıtırcasına öpmeden kendilerini alıkoyamıyorlar... Sonra biri duruyor, artık onunla devam edemeyeceğini anlıyor... Onu yok etmek istiyor ama kalbi acı dolu... İkisi de ağlıyor birbirlerini öperken...

Ve...

Sonra biri ötekinin güzel saçlarına yapışıyor, öfke ve üzüntü, pişmanlık dolu bir halde onu saçlarından tutarak uzaklaştırıyor kendinden -küçüklüğünden gelen bir alışkanlık insanların saçlarını çekmek-. Diğerinin gözleri korkuyla dolu, titriyor, sanki bu, onu öldürecekmiş gibi... Ona tekrar sarılmazsa yok olacak, unutulacakmış gibi... Telaşla ötekine sarılmaya çabalıyor, beyaz kolları ileriye uzanıyor ama yetişemiyor... Ve hüzünlü yüzü siliniyor... O yok oluyor...

Ve yukarıdan akan nehrin suyu simsiyah akmaya, kara üzüntü kokan duman çıkarmaya başlıyor... Mürekkep akıyor sanki...

Bir resmin kanı... Kız yere yığılıyor... Etraf aydınlanıyor -film setinde olur ya birden gerçek dünyaya dönerler- hava ısınıyor, yer ve gök normal yerine dönüyor ya da kız düz duruyor.

Sonra Li, birimiz yok oluyor ama hangimiz bilmiyorum...

"O mu, Di mi?

"O mu, ben mi?

Hayal gücü mü, gerçek mi?